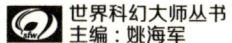世界科幻大师丛书
主编：姚海军

逆时钟世界
COUNTER-CLOCK WORLD

[美]菲利普·迪克 著 李懿 译

四川科学技术出版社

图书在版编目(CIP)数据

逆时钟世界 / [美] 菲利普·迪克 著; 李 懿 翻译.
--成都: 四川科学技术出版社, 2022. 9
(世界科幻大师丛书 / 姚海军 主编)
书名原文: Counter-clock World
ISBN 978-7-5727-0721-6

Ⅰ. ①逆… Ⅱ. ①菲… ②李… Ⅲ. ①幻想小说 - 美国 - 现代 Ⅳ. ①I712.45

中国版本图书馆CIP数据核字(2022)第194890号

图进字号: 21-2020-232

世界科幻大师丛书

逆时钟世界

SHIJIE KEHUAN DASHI CONGSHU
NI SHIZHONG SHIJIE

丛书主编　姚海军
著　　者　[美]菲利普·迪克
译　　者　李　懿

出 品 人　程佳月
责任编辑　兰　银　姚海军
特约编辑　颜　欢
封面绘画　晨鸣达
封面设计　施　洋
版面设计　施　洋
责任出版　欧晓春
出　　版　四川科学技术出版社
　　　　　成都市锦江区三色路238号 邮政编码 610023
　　　　　官方微博: http://e.weibo.com/sckjcbs
　　　　　官方微信公众号: sckjcbs
　　　　　传真: 028-86361756
成品尺寸　140mm×203mm　　印　张　9.375
字　　数　160千　　　　　　插　页　2
印　　刷　四川南方印务有限公司
版　　次　2022年9月成都第一版
印　　次　2022年9月成都第一次印刷
定　　价　46.00元

ISBN 978-7-5727-0721-6

邮 购: 成都市锦江区三色路238号新华之星A座25层　邮政编码: 610023
电 话: 028-86361770

菲利普·迪克

Philip K. Dick

1928—1982

1

地势无凭;世人来去,然地势无凭。

——圣奥古斯丁

深夜,约瑟夫·廷贝恩警官正驾着飞行警备车滑翔过远郊公墓的那块弹丸之地,忽然传来一阵不妙的、熟悉的声音。人声。他立即挂挡越过公墓年久失修的尖头铁栅栏,到内侧着陆,仔细聆听。

话音微弱,有点儿瓮声瓮气的,"我是蒂莉·M.本顿太太,我要出去,有没有人听见啊?"

廷贝恩警官将手电一扫。声音来自草丛下方,与他预想的一样:蒂莉·M.本顿太太位于地下。

廷贝恩迅速打开车载无线电的话麦,呼叫道:"我现在位于森丘公墓——我想是这个名字——这里突发1206号事件,最好派辆救护车和一支掘墓队过来,听求助人的语气,情况很紧急。"

"酱①。"无线电传出应答,"掘墓队已经派出去执行别的任务了,明早才能回来。你能给她凿个临时应急通风道吗?保证她有充足的空气,撑到掘墓队抵达——明天上午九点或者十点。"

"我尽量吧。"说完,廷贝恩叹了口气。对他而言,这意味着通宵值夜,而脚下传来的细微嗓音,有气无力之中透着衰老,正在乞求他赶快施救。不断地乞求,一刻也未停。

工作中他最不喜欢的便是这一方面:亡者的呼救。他憎恨这种声音,他曾听过多少人、多少次这样的呼救。男的,女的,多数是老人,也有的不太老,有的甚至是儿童。而掘墓队总要磨蹭半天才能到。

廷贝恩警官再次摁下话麦按钮,说道:"我已经受够了,想申请调岗。没开玩笑——这是正式申请。"

地下远远地传来那气若游丝的衰老女声,她呼叫着:"快来人哪,我想出去。有没有人听见啊?我知道有人在上头,我听到

---

① 原文为作者自拟的"chang"一词,用于对讲机通话中表示"收到""完毕"等意。

你说话了。"

廷贝恩警官将头伸出警备车敞开的车窗，大声应道："我们随时准备救你出来，女士。请尽量耐心一些。"

"现在到哪个年头了？"衰老的声音应道，"过了多长时间了？还是1974年吗？我必须得知道，麻烦告诉我，长官。"

廷贝恩说："现在是1998年。"

"啊，天哪！"她的声音中带着惊愕，"唔，我想我必须得习惯才行。"

"我想也是。"廷贝恩说着，从车上的烟灰缸里捡起一根烟屁股，点燃，陷入沉思。然后，他再次按下话麦按钮，"申请联系私家复生服务组。"

"申请驳回。"无线电传来答话，"已经夜深了。"

"但是，"他坚持道，"运气好总可能碰得到，有几家大型复生服务公司会派救护车通宵巡游。"他心里其实已经选定了一家复生公司，规模不大，手法传统，营销方式保守而合宜。

"夜里这么晚了，不大可能——"

"我知道有人能提供服务。"廷贝恩拿起警车仪表板上的可视电话听筒，"请接塞巴蒂安·赫尔墨斯先生。"他对接线员说道，"麻烦尽量联系，我随时等着。首先打他在赫尔墨斯魔瓶复生服务公司的办公电话，他可能办了夜间呼叫转移到住宅号

码。"假如那可怜的家伙现在办得起这项业务的话,廷贝恩心想,
"联系上就立即给我回拨过来。"他挂断了电话,然后静静地坐着
抽烟。

赫尔墨斯魔瓶复生服务公司的骨干员工就是塞巴斯蒂安·
赫尔墨斯本人,此外仅有五名同事辅助,各司其职。公司一直没
有过人事变动,在塞巴斯蒂安眼里,他们就是他的家人,是他唯
一的依靠。他年老体胖,并不太招人喜欢,十年前才从另一家更
老牌的复生公司"出土"。深夜沉寂之时,他仍然能隐隐感觉到
坟墓的冰冷,也许正是这样的经历使得他对复生者的困境感同
身受。

公司设立在一座租来的小木房里,这屋子曾挺过了第三次
世界大战,甚至顽强坚持到了第四次世界大战中期。但值此夜
深时分,他自然已回家就寝,在妻子洛塔的臂弯中沉睡。她娇昵
的双臂是如此性感,光洁而富有活力。洛塔比他年轻得多:按
"非霍巴特计时法"来算,年仅二十二岁。与年长得多的他不同,
尚未老死复生的她适用于这种计算方法。

床边的可视电话响了。出于职业习惯,他伸手接起。

"赫尔墨斯先生,廷贝恩警官来电。"女接线员的声音既轻快
又爽朗。

"嗯。"他在黑暗中回应道,望着那沉闷的灰色小屏幕留神细听着。

一张熟悉的年轻男性脸孔出现,面容镇定,"赫尔墨斯先生,我在一个叫森丘的地方遇到一起复生案例,条件很糟糕,评级三等。对方哭喊着要求放她出来。你能马上赶来吗?或者我先自行钻一个通风口?当然,我车里有设备。"

塞巴斯蒂安答道:"我马上召集员工过去,给我半个小时。她能撑到那会儿吗?"他扭开床头灯,伸手去摸纸笔,一面回忆着自己是否听说过森丘公墓,"说下姓名。"

"她自称蒂莉·M.本顿太太。"

"好的。"说完,他挂了电话。

身边的洛塔动了动,迷迷糊糊问道:"来活儿了?"

"对。"他开始拨打工程师鲍勃·林迪的号码。

"需要我帮你准备些热米共①吗?"洛塔问道。她已经起了床,睡眼惺忪地打着趔趄走向厨房。

"好的。"他说,"谢谢。"屏幕亮起来,显现出公司唯一的技工那张阴郁而烦躁的脸,它瘦削而松弛,犹如橡胶制成。"去一个叫森丘的地方跟我碰头。"塞巴斯蒂安说,"越快越好。你需要先去趟商店买工具吗?还是——"

---

① Sogum,作者自造词。逆时时相下补充能量的物质。

"我全带着呢。"林迪恼怒地嘟囔道,"都在我的私车里。酱。"他点点头,掐断了通话。

洛塔光着脚从厨房回来,说道:"摄食筒准备好了。我能一起去吗?"她找出密齿梳,娴熟地梳理起那头鬃毛般浓密的深棕色长发;秀发几乎垂至腰际,亮泽的色彩与她的瞳眸甚是相称。"我一直喜欢看复生的过程,那可真是桩奇迹!简直是我这辈子见过的最神奇的景象,感觉印证了《圣经》里圣保罗的训诫,那句'死啊,你得胜的权势在哪里?'"她满怀期待地等着,梳完头发,便在斗柜抽屉里翻找常穿的那件蓝白相间的滑雪毛衣。

"待会儿看,"塞巴斯蒂安说,"人手召集不齐的话,根本没法儿接手这趟活计,只能先留给警方处理,或者等到明早,希望没有别的公司抢先。"他拨通了赛恩医生的号码。

"这里是赛恩家。"一个熟悉的中年女声颤声应答,"啊,赫尔墨斯先生。这么快又有活儿了吗?不能等到明早吗?"

"再等就吹了。"塞巴斯蒂安说,"抱歉打扰他休息,我们真的需要这桩业务。"他把公墓的名称以及逆生者的姓名给了她。

"你的米共来了。"洛塔说着走出厨房,手里拿着瓷盂和装饰精美的摄食筒。她已经在睡衣外面套上了宽松的滑雪毛衣。

他只需再打一个电话,打给公司的牧师,杰拉米·费恩神父。他半个屁股搁在床沿上坐下,一手拨号呼叫,另一手接过盛着米共的瓷盂。"你可以跟我一起去。"他对洛塔说,"有女性在场,兴许能让老太太心里踏实些——我想她应该很老。"

视话屏幕亮了起来,年老的矮个子费恩神父警觉地眨着眼睛,像是被人捉奸在床似的。"喂,塞巴斯蒂安。"他应道,声音是一贯的清醒。塞巴斯蒂安的五名雇员当中,只有费恩神父永远一副守着电话待命的模样。"你知道这位逆生者属于哪个教派吗?"

"警察没说。"塞巴斯蒂安答道。其实在他个人看来,知不知道都无所谓,公司的牧师足以应付所有宗教,包括犹太教和乌迪教。虽然具体来讲,乌迪教徒对费恩神父不是特别满意,但毕竟只有这一个人选,可由不得他们喜不喜欢。

"那就定了吧?"洛塔问,"我跟你一起去?"

"嗯,"他说,"人手都召齐了。"鲍勃·林迪负责开动掘墓设备挖通风井,赛恩医生负责随时提供医疗看护——这是至关重要的,费恩神父负责主持"奇迹复生圣礼"……然后,到明天的工作时间,谢丽尔·维尔将负责处理复杂烦琐的文件,而公司的销售R.C.巴克利将着手收集订单并寻找买主。

销售端业务这块,其实提不起他多大兴趣。他这么想着,穿上通常会在寒夜出勤时穿着的大衣。但R.C.却表现得热情高涨,他所谓的"安置为先"原则不过是冠冕堂皇的说辞,用以游说逆生者接受其他人。R.C.常常挂在嘴边的,就是只把逆生者安置在"背景可靠，极其宜居的优选环境中"，但事实上他根本不挑买主——只要价格足以保障他五个百分点的抽成。

他从衣柜中取出大衣时，尾随而来的洛塔突然发问："你读过新英文版《圣经》中《哥林多前书》①里那几段吗？我知道那个版本快过时了，但我一直很喜欢。"

"还是先把衣服换上吧。"他温柔地说。

"好的。"她乖巧地点点头，小步跑开，去找她无比珍爱的工装裤和软皮高筒靴，"最近我在背诵它，因为我毕竟是你的妻子，而它又和我们——我是指你——所做的工作直接相关。听哪！这是开头，我在背诵经文呢。'听哪！我如今把一件奥秘的事揭示与你们：我们不是都要死，乃是都要改变，就在一霎时，眨眼之间，号筒末次吹响的时候。'"

"号筒，"塞巴斯蒂安沉吟道，耐心等待她换完衣服，"它吹响在1986年6月的一天。"对大家来说，那真是太突然了，他想——当然，除了对此做出预言的亚历克斯·霍巴特本人之外，而"逆时效应"也正是以他的名字命名的。

"我准备好了。"洛塔骄傲地说。她穿上了靴子、工装裤、毛衣，他知道，这些都是直接笼在睡衣外面的。想到这里，他不免

---

① 《哥林多前书》为前文中洛塔所引用"死啊，你得胜的权势在哪里？"一句的出处。

露出微笑：她这么做都是为了节约时间，以免耽搁他的事。

两人一起离开共管公寓，乘坐公寓楼的快速电梯直达屋顶，他们的飞行车就停在那里。

"我本人更喜欢老版的詹姆士国王译本。"他对她说着，擦去车窗表面的夜露。

"我还没看过那版。"她坦承，那孩子般撒娇的语气仿佛在说"有空一定会看的，我保证"。

塞巴斯蒂安说："我记得那个版本中的这段译文是'看哪！我如今把一件奥秘的事告诉你们：我们不是都要睡觉，乃是都要改变——'这样的。我记得开头是'看哪'，我喜欢这个措辞胜过'听哪'。"他发动飞行车的引擎，驾驶它逐渐升空。

"你说的也许是对的。"洛塔答道。

她总是易于接受他的观点，总是将他尊为权威——毕竟他比她年长那么多。他一向为此而高兴，她也似乎从中感到愉快。他拍拍坐在身旁的她的膝盖，体会那番爱意，她也一如往常地拍拍他：两情相悦的爱在两人之间萦绕，毫无障碍，顺畅自如，轻松地双向互通。

在公墓破旧的尖顶铁栅栏内，敬业的年轻警官廷贝恩与他们碰了面。"晚安①，先生。"廷贝恩说着，对塞巴斯蒂安敬了个礼；他认为警服在身即等同执勤，何况公事更应公办，"您的工程师已于几分钟前抵达，正在挖掘临时通风井。幸好我正巧路过。"警官这时看见洛塔，便向她致意，"晚安，赫尔墨斯太太，抱歉让您受冻。您要去警备车里坐坐吗？取暖器开着。"

"我没问题的。"洛塔说道，伸长脖子努力寻找鲍勃·林迪忙活的身影，"她还在说话吗？"她问廷贝恩警官。

"一直唠叨个不停。"廷贝恩说着，打开手电为赫尔墨斯夫妇指示目标，光圈内显现出辛勤工作的鲍勃·林迪，"早先抓着我聊，现在又缠着你们的工程师。"

林迪四体着地，查看钻井设备的各项测值。他显然发现前面来了人，却没有抬头打招呼；对林迪而言，工作永远第一位，人情世故统统靠边站。

"她自称有亲戚健在。"廷贝恩警官对塞巴斯蒂安说，"给，我把她唠叨的那些话全记下了；亲戚们的姓名地址，在帕萨迪纳。不过她老了，好像有些糊涂。"他环视左右，"你们的医生确定会来吧？我认为他需要在场。本顿太太一直在念叨布赖特氏病，

---

① 后文提及这个时代的人见面说"再见"，告别说"你好"，所以这里译为"晚安"，同时表示"再见"。下页廷贝恩告别时的 good evening 译为"晚上好"。

那显然是她的死因,所以可能需要他来换个人工肾。"

着陆灯亮起,一辆飞行车降落在地。车上下来的是赛恩医生,他穿着时髦有型的塑料保暖工作服。"这么说,你认为你找到了一位复生者。"他对廷贝恩警官说完,便跪到蒂莉·本顿太太的坟墓上方,侧耳呼唤道:"本顿太太,能听见我说话吗?呼吸顺不顺畅?"

林迪暂停了钻井,悬若游丝的微弱人声模模糊糊飘忽而来:"这里好闷,又黑,我真的害怕得不行,巴不得马上就被放回家。你们会救我出去吗?"

赛恩医生将双手拢到嘴边,大声应道:"我们正在钻井,本顿太太!再坚持一下,别担心,只有差不多一分钟了!"他又转头对林迪说:"你连个喊话的工夫都没有吗?"

林迪满脸怒容,"我有我的工作,沟通是你们和费恩神父的活儿。"他继续钻井。塞巴斯蒂安留意到他马上就要钻通了,便走到不远之外冥思细听,神游这座公墓,感怀墓碑下的死者,如圣徒保罗所言:这必朽坏的总要变成不朽坏的——本顿太太辄是一例,这必死的总要变成不死的。他默诵道,那时经上所记死被得胜吞灭的话就应验了。死啊,你得胜的权势在哪里?死啊,你的毒钩在哪里?如此云云。他继续漫步,打开手电以免被墓碑绊倒;他走得非常慢,凝神细听晦暗地底的动静——但不完全是真的用耳朵听，而是在用心感应。其他死者也将在不远的一天复生返世，他想，他们的血肉与组分已踏上返归之途，即将迁回旧址；他感应到永恒的进程，墓园里轮回不绝的复杂运动使他热情高涨，兴奋异常。圣徒保罗所言朽坏的肉体，而今在霍巴特时相的作用下修复重生，没有什么比这更加积极向上、更加具备向真向善的力量了。

他寻思，保罗唯一的错误，是以为这将在他有生之年发生。

当前复生的都是故去不久的：1986 年 6 月前的最后一批死者。然而，据亚历克斯·霍巴特推断，时间的反转将会继续向前回溯，跨度持续铺展；早年的亡者也将渐次复苏……最终来到两千年以后，应验圣徒保罗本人的断言，他将结束"睡眠"。

不过，到那时——远远在那之前——塞巴斯蒂安·赫尔墨斯以及目前活着的所有人早已返婴还胎，进入孕送他们的子宫；而那些子宫所属的母亲们也将经历同样的过程，如此一代代往前推演；当然，这一切都建立在"霍巴特理论"正确的基础之上：逆时时相并非临时的短暂存在，而是一个极为普遍的恒定过程，每隔几十亿年便发生一次。

最后一辆飞行车的轰鸣声终于传来，车辆着陆，身材矮小的费恩神父手提一箱经卷大步下车。他和悦地朝廷贝恩警官点点头，说道："赞美你，及时听见她的呼救，愿你此刻不必再待命于寒风之中。"他发现林迪正在忙活,赛恩医生携带黑色医疗包待命,塞巴斯蒂安·赫尔墨斯自然也在。"现在可以交给我们了。"他告诉廷贝恩警官,"谢谢。"

"晚上好,神父。"廷贝恩说,"晚上好,赫尔墨斯先生及夫人,还有医生阁下。"这时,他瞟了一眼阴郁寡言的鲍勃·林迪,决定不去打扰他,便转身走向了警备车。他迅速消失在夜空中,前去其余地点巡逻。

塞巴斯蒂安来到费恩神父跟前说道:"你知道吗?我——听见了另一个人的律动,他很快就要复生了,只消再等几天,甚至几个小时。"他默默告诉自己,我感应到一阵极其强烈的优质信号,肯定有一位生命力非比寻常的人物躺在极近之处。

"我已经给她通了空气了。"林迪宣布。他停止钻井,关闭备受依赖的便携式钻机,然后转而启动掘墓设备。"做好准备,赛恩。"他敲敲头上的耳机,以便更清楚地听到下方的反应,"她病得很重,这位老太太,慢性急性的都有。"他"噼啪"一声打开自动铲斗,它们立即铲起渣料管里的泥土往外倒。

当塞巴斯蒂安与赛恩医生、鲍勃·林迪合力抬起棺材时,费恩神父立即以适当的命令式口吻念诵起了祷文,声音响亮而清晰,好让棺内的人听见:"'耶和华按着我的公义报答我,按着我手中的清洁赏赐我。因为我遵守了耶和华的道,未曾作恶离开我的神。他的一切典章常在我面前,他的律例我也未曾丢弃。我在他面前做了完全人,我也保守自己远离我的罪孽。所以耶和华按我的公义,按我在他眼前手中的清洁偿还我。慈爱的人,你以慈爱待他——'"费恩神父滔滔不绝,复生工作也有条不紊地进行着。他们人人都会背诵《诗篇18》,就连鲍勃·林迪也不例外,它是公司牧师在这种场合的最爱,虽然偶尔会换成其他的,例如《诗篇9》,但常常会回到这篇。

鲍勃·林迪迅速撬开棺材的长钉;棺材板是廉价的合成松木,重量很轻,钉子一松,棺盖就分离开了。赛恩医生立即上前,俯身用听诊器为老妇人听诊,低声询问病情。鲍勃·林迪启动了暖气扇,为蒂莉·M.本顿太太提供持续不断的暖流,这波热量至关重要:逆生者的身体往往冰冷彻骨,而且心理上总免不了对严寒的恐惧;事实上,这种寒冷恐惧症通常在复生多年之后仍会发作,塞巴斯蒂安本人即是一例。

工作暂告一段落,塞巴斯蒂安再次起身去墓园中走动,在坟茔之间聆听。这一次,洛塔紧随其后,叽叽喳喳说个不停。"这不就是神话吗?"她少女般的嗓音伴着被震慑的喘息,"我想把它画下来,希望我能传达出棺盖打开时,众人第一眼的表情。那样的神色,既非欢乐,也非释然,无法用某个具体的词来形容,它更加深沉、更加——"

"听哪 。"他打断了她的话。

"听什么?"她顺从地听了听,显然一无所获。她感受不到他的内心所感:附近存在着强烈的生命信号。

塞巴斯蒂安继续道:"我们得密切关注这个奇怪的小地方。关于埋在这里的所有人,我想要一份完整的、绝无遗漏的名单。"有时,仅凭盘点名单,他就能判别逆生者的身份,他真正地拥有灵能超感,可以预感到有人即将逆生。"记得提醒我,"他对妻子说,"我要给这个地方的管理机构打电话,了解具体有哪些人长眠于此。"这是座无比珍贵的生命贮藏所,他想,曾经的墓园,如今变成了灵魂苏醒的源头。

有座坟墓上方立了块花饰极其繁复的墓碑,在墓地中显得鹤立鸡群。他将手电扫过碑面,找到了死者姓名。

托马斯·皮克

1921—1971

Sic igitur magni quoque circum

moenia mundi expugnata dabunt

labem putresque ruinas.

他不太懂拉丁文,无法翻译这段墓志铭,只能靠猜。这句话大体是讲，地球上一应伟大事物终将陷入腐朽与毁坏。唔，他想着，这段墓志铭已不再是真理了，尤其是对于灵魂这一伟大奇迹而言。我有个预感，他暗自思忖，托马斯·皮克就是我感应到的即将返世之人——同时，从墓碑的大小与石材判断，此人显然来头不小，我们应当密切留意。

"皮克。"他大声告诉洛塔。

"我在一堂东方哲学课上学到过他。"她答道，"你知道他是谁——生前是什么身份吗？"

他便问："他的全名里是不是有个阿纳奇？"

"乌迪教的。"洛塔说。

"那个黑人教派？席卷整个黑人自治区的那个教派吗？是那个善于煽动人心的雷蒙德·罗伯茨执掌的吧？乌迪教派？埋在这里的这个托马斯·皮克？"

她查看过生卒年后，点了点头，"但我的老师说，皮克在世时，乌迪教派并不是政治工具。我相信，以前它真的有纯宗教性质的活动，至少我在圣荷塞州上学那会儿，老师是这么说的。全人类合而为一，不再有你我——"

"我知道乌迪教是什么。"他烦躁地说，"上帝啊，明确这人的身份之后，我反倒不敢确定要不要帮助他返世了。"

"可是，一旦阿纳奇·皮克复生，"洛塔说，"他就会重回乌迪教的领袖位置,乌迪教就不会再被利用作政治工具。"

他们身后传来鲍勃·林迪的声音,"反正这个世界既不接纳他也不期盼他,或许阻止他复生还能让你发一笔财。"他解释道,"这儿你安排给我的活计,现在都干完了,赛恩正在给她植入一颗旧的电子肾,待会儿就用担架把她抬到他车上。"他站定,点燃一支烟头,打了个寒噤,若有所思地吐着烟雾,"你认为这个叫皮克的要复活了是吗,塞巴?"

"对。"他说,"你知道我拥有灵能。"多亏了这番能耐,我们的公司才可以盈利,他暗自想,它使我们得以赶在那些重企巨商的前面,勉强抢得一丝生意的先机⋯⋯不管什么生意,横竖总好过市警丢给我们的那些。

林迪沉着脸回道:"别急,先找R.C.巴克利聊聊。这位逆生者能让他打起十二分干劲,说真的,我建议你现在就给他打电话。他越早知道,就能越早谋划出一个天花乱坠的营销方案。"他精明地笑笑,又说:"我们的业务之星。"

塞巴斯蒂安没有接话。他思虑片刻,开口道:"我要给皮克的墓装个窃听器,以便监听心搏,还能及时给我们发来加密信号提醒。"

"你那么肯定啊。"林迪声音紧张,"我是说,这样做是非法的,如果被洛杉矶警察发现,你知道的——可能会使我们面临歇业的风险。"现在,他心底逐渐浮起瑞典人特有的谨慎,以及对塞巴斯蒂安灵能感应的怀疑。"算了吧,"他说,"你这股子坏劲儿越来越像洛塔了。"他善意地拍拍她的背,以免她误会,"我总是说,我不会让这种地方的氛围影响到自己,我只需要做些技术工作,准确定位、足量通风、精准挖掘,避免把棺材一剖两半,之后就是将它抬起来,让赛恩医生去修复肉身。"他又对洛塔说,"你赋予它太多形而上的意义了,姑娘,算了吧。"

洛塔便说:"我嫁的人曾经历死亡,在地下长眠。我出生时,塞巴斯蒂安仍未苏醒,一直到我十二岁时,他仍处于死亡状态。"这番话声音坚定——在她身上倒是不常见。

"那又怎样?"林迪反问。

"而时相变化,"她说,"给我送来了唯一的爱人,在地球、火星及金星的广阔天地中,我唯一可以去爱的人。它是我人生中最伟大的力量。"说话间,她伸手揽向塞巴斯蒂安,拥抱他,和他魁梧的身体紧紧相依。

"明天,"塞巴斯蒂安对她说,"我想让你去一趟人民主题图书馆B区,尽可能地搜集有关阿纳奇·托马斯·皮克的信息。如今大部分资料应该都已经被刊除,但他们可能还保存有一些终版始稿。"

"他真有那么重要吗?"鲍勃·林迪问。

洛塔说："没错。不过——"她犹豫起来，"我害怕图书馆，塞巴，真的，你知道我怕。它是那么——啊，见鬼，我去就是了。"她的声音沉了下去。

"我也是，"鲍勃·林迪表示共情，"我也不喜欢那个地方，确切来说只去过一次。"

"是霍巴特时相的关系。"塞巴斯蒂安道，"主宰墓地的这股力量也在其他地方发挥效用。"他重又转头面对洛塔，"别去招惹馆长梅韦斯·麦奎尔。"此前他和她打过几次交道，次次都被赶走；她在他眼里就是个阴险蛮横的刺儿头。"直接去B区。"他说。

万一洛塔倒霉遇到那个姓麦奎尔的娘儿们，他想，愿她有幸得神助。也许还是应该我去……不，他做了决定；她可以问别人，应该会顺利的。我有必要碰碰运气。

2

对人类本质最正确的表述，乃是恒常兼具神圣的智慧观念。

——埃里金纳

阳光跃出地平线，一个尖锐的机械声宣告："好了，埃普福德，是时候起床，向世人展示您的态度和实力了。道格拉斯·埃普福德顶天立地，得到大家认可——我听见了人们的传颂。大格局，高天赋，伟功绩，深受大众钦慕。"它顿了顿，"您现在醒了吗？"

床上的埃普福德答道："醒了。"他坐起身，一拳关掉了床边那只声音尖锐的闹钟。"早上好！"他问候沉默的公寓，"这一觉睡得真香，希望你也和我一样。"

他满心怨气地起了床,溜达到满橱腌臜衣服跟前,重重问题占据了他烦乱的思绪,在其间翻转腾挪。我该去说服路德维希·恩格,他暗自思忖,明天的职责变成了今天最棘手的任务。明确告知恩格,他那本曾经风靡世界的书如今仅存一册,时不待人,他必须尽快采取行动,担负起唯独他能完成的工作。恩格当作何感受?毕竟,创作者们有时会拒绝坐下来听从指挥。嗯,他得出结论,那个问题实际上涉及焚书官议事会,那是他们的问题,与他无干。他找到一件脏兮兮、皱巴巴的红T恤,脱下睡衣上装穿了上去。换裤子就没那么容易了,他得单脚站稳克服阻碍。

然后该粘胡子了。

埃普福德拿上假胡须,光脚走向浴室,一面寻思着:我的志向,是能乘坐有轨电车穿越西美①。吁。他在洗脸池边洗了脸,涂上泡沫黏合剂,打开袋子,灵巧的手掌轻拍几下,便将假须均匀地贴合在下巴、脖子以及相接处皮肤的褶皱内,手法既迅速又专业。他打量着镜中的面容,认定自己已能体面地去搭乘有轨电车,至少出食完早晨份的米共就能出门。

他开启无比现代化的自动摄食筒,摄入了相当豪气丰盛的一餐,满足地叹口气,然后开始浏览《洛杉矶时报》的体育版。最

① 在本书的设定中,美国本土分裂为三个主权地区:西美(西美联邦)、东美(东美联邦)、黑区(黑人自治区)。

后，他走向厨房，逐一摆出脏污的碗盘，刹那间，一碗汤、羊羔排、青豌豆、火星蓝苔拌鸡蛋沙司、一杯热咖啡出现在眼前。他把这些食物收起来，取走盛放它们的碗盘——当然，首先检查过房间的窗户，确保没人看见——再熟络地将它们分门别类，置入适当的容器，收进橱柜和冰箱。现在是八点三十分，还有十五分钟才上班。他不屑于赶路，不管几点到，人民主题图书馆B区总不会长了脚跑掉。

他勤勉工作多年，才升迁至B区。现在，他得到的回报，是要和创作者们面对面地打交道，敦促他们依照焚书官的指示，完全清除与各自姓名对应的著作所留存的唯一终版始稿——至于姓名和作品之间是如何产生联系的，他和那些形形色色的创作者们都无法充分领会。创作者们各异的秉性令人大开眼界，却又同样地暴躁粗鲁，抗拒指令。议事会自然理解为什么某个特定的创作者会在某项特定的任务上卡壳，却不被别的任务所困，例如恩格和《如何利用业余时间，在地下室使用普通家用物品自制斯瓦博》。埃普福德一面思索，一面浏览智家新闻①的其余内容。想想那番责任。恩格完成工作之后，整个世间将不再存在斯瓦博，除非黑区那些鬼头鬼脑的坏家伙非法偷藏起一两个。

———————————

① Homeopape，作者自造词，会自动筛选读者感兴趣的内容的新闻报刊。

实际上,即使恩格著作的终稿(终版始稿)依然存在,他也觉得已经很难回忆起斯瓦博的用途以及外观。是小小的方形,还是又大又圆?唔。他放下智家新闻,揉着额头努力回忆——试图在脑海中构建出那个装置的准确形象,趁着理论上仍然可行的时候。一旦恩格将终稿还原为一条满浸墨汁的丝带、半令纸张、一张崭新的对开复写纸,那么,包括他在内的任何人都不再有机会回忆起那本书以及书中描写的原理机制,尽管它迄今为止发挥了巨大作用。

只是,那项任务兴许够恩格忙到年底了。对终稿的清理过程,需得一字一句,马虎不得,翻印稿本则不然,可以集中起来批量处理。如此简单,直到终版始稿清除完毕,然后……唔,按劳给酬,给恩格付一笔真正堪称丰厚的酬金,外加——

在他手肘旁边,厨房小桌上可视电话的听筒突然从搁架上跳到桌面,里头远远地传来又尖又细的声音:"再见,道格。"女人的声音。

他将听筒举至耳边,应道:"再见。"

"我爱你,道格。"夏芮丝·麦克法丹呼吸急促地深情表白,"你爱我吗?"

"当然,我也爱你。"他说,"咱们分开多长时间了?真想快点儿见到你。可别让我等太久啊!"

"今晚就可以呀。"夏芮丝说,"下班之后,我想带你见一个人,他是位完全不为人知的创作者,着忙着慌地想要正式刊除他的一篇关于,咳咳,'陨石撞击引发心因性死亡'的论文。我来找你,是因为你在B区——"

"叫他自行刊除自己的论文,费用自理。"

"那又不是什么炙手可热的大作。"可视电话屏幕上,夏芮丝神色真挚地央求,"那真是一篇糟糕的论文,道格,又长又臭。这个蠢材,兰斯·阿可布布——"

"那是个啥名字?"他有些动摇,但还没拿定主意。一天当中他会收到无数个类似的请求,而每件请求都无一例外地申报为危害社会的作品,作者总是个名字奇蠢无比的怪脾气创作者。他已混迹B区多年,不容易上套,然而——还是得调查此事,职业道德与社会责任督促他尽心尽职。他叹了口气。

"你又那样哼哼唧唧了!"夏芮丝语调轻快。

埃普福德答道:"只要他不是从黑区来的。"

"呃——其实他是。"她的表情和声音流露出歉疚,"但我觉得他被驱逐了,所以他会离开黑区,到洛杉矶来。"

道格拉斯·埃普福德站起身,机械地说道:"你好,夏芮丝,我现在得出门上班去,主观上和客观上都无法继续和你探讨这件微不足道的小事了。"就这样单方面结束了谈话。

他希望能就此结束。

乔·廷贝恩①警官下班回到共管公寓,发现妻子正坐在早餐桌前。他尴尬地转开视线,直到她发现他的存在,迅速给面前的杯子注满了温热的黑咖啡。

"不害臊。"贝瑟尔骂道,"进厨房之前也不敲门。"她一副颐指气使的模样,小心地把一瓶橙汁放进冰箱,又拿起现已接近全满的一盒欢乐麦片藏进壁橱,"我就快出食完了,马上让你。"但动作还是慢悠悠的。

"我很累。"他说道,终于坐了下来。

贝瑟尔在他面前放下空碗、玻璃杯、茶杯、盘子。"猜猜今天的晨报上报道了什么?"她说着,小心翼翼地退到客厅,好让他出食,"那个狂热分子就要来这里了,那个叫雷蒙德·罗伯茨的家伙,要来巡礼。"

"呣。"他应道,疲惫的口中涌进热咖啡,他静静地享受着那丝滑的口感。

"洛杉矶警署署长估计,将有四百万人出门围观,他要在道奇体育馆施行合一圣礼,当然,还会在电视上直播,直到涤清我们大家的心灵。圣礼持续一整天——那是新闻上说的,我可没

———————————
① "乔"是"约瑟夫"的昵称。

25

有瞎编。"

"四百万。"廷贝恩重复道,出于职业习惯考虑着,那么庞大的人群,该需要多少警员去维护治安。全部警力都安排上,包括空中巡逻队和治安协警。真是苦差事一件。他暗自呻唤。

"参加圣礼的人会嗑药,"贝瑟尔说,"报上有篇长文科普,在这儿。那种药是 DNT 的衍生物,在本地属违禁品,可是上头允许他——以及所有会众——在他施行圣礼之时使用。因为加利福尼亚州法律规定——"

"我知道那项法律。"廷贝恩说,"它规定,可以在合法宗教仪式上使用致幻剂。"天知道上级曾怎样向他反复灌输相关的法律知识。

贝瑟尔继续道:"我倒还有几分想去参加圣礼。这是唯一的机会,除非我们愿意飞到那个,呃,黑区。说真的,我不太乐意去那种地方。"

"想去就去吧。"他说道,心情舒畅起来,开始依次出食麦片、桃子片、牛奶、砂糖。

"你也一起吗?场面一定很震撼。只要想想:成千上万人的意识合为一体,即他所称的'乌迪',消弭自我,合众为一,摒弃个人有限的视角,拥有绝对的全知。"她闭着眼睛来到厨房门口,"怎样?"

"不了，谢谢。"廷贝恩尴尬地含着满嘴食物说道，"别看我，你知道我有多不能接受在别人面前出食，即使对方看不见我。他们也许能听到我——咀嚼。"

他能感觉到她在门外，他感受到了她的厌恶。

"你从来都不带我出去。"贝瑟尔立刻回应。

"好吧。"他表示同意，"我从来都不带你出去。"说完又补上一句，"就算出去，我也不会去那里听教宗布道。"反正洛杉矶这儿的无脑教徒已经够多了。他想，奇怪，罗伯茨早该想到来这里巡礼了，为什么偏要选在这时候……可选的时间明明那么多。

贝瑟尔由衷地问道："你认为他是个骗子，所谓的'乌迪状态'并不存在，对吗？"

他耸耸肩，"DNT是一种强致幻剂。"也许乌迪确实存在，但不论事实如何，于他都没有干系，他也压根儿不关心，"刚刚又有一起突发复生事件。"他对妻子说，"在森丘，自然逆生。上头从来不管那些小公墓，他们知道，我们这些市政警察自会处理。"多亏了塞巴·赫尔墨斯，蒂莉·M.本顿总算已安全收治在洛杉矶急救中心，不出一周就能像其他人一样正常出食了。

"诡异。"贝瑟尔说道，仍赖在厨房门口不走。

"怎么这么说？你又没亲眼见过复生。"

"你见过啊。你那份该死的工作，"贝瑟尔骂道，"自己干不下去,也别拿我撒气。要真那么糟,就请辞啊,像罗马人说的,'无鱼立收饵'!"

"我能搞定这份工作,其实我已经申请调岗了。"难搞的是你,他想。"让我一个人出食行吗?"他生气地说,"去别的地儿看新闻吧。"

"雷·罗伯茨到西海岸来,会不会对你有影响?"贝瑟尔问。

"大概不会。"他说。他毕竟分配有日常巡区,似乎什么都不能改变这一点。

"他们不会派你揣上你的玩具枪去保护他?"

"保护他?"廷贝恩说,"我倒想杀了他。"

"哎哟,乖乖,"贝瑟尔讥讽道,"野心还不小。然后你就可以名垂青史了。"

"我早晚会名垂青史。"廷贝恩说。

"凭什么？你有什么丰功伟绩？还是说将来要干什么大事？继续在森丘公墓挖老太婆?"她的语调深深刺痛了他,"还是说,因为娶了我?"

"说得对,因为娶了你。"他的语气同样尖酸刻薄,那是在两人有名无实的婚姻当中,经历那些死水一般的漫长年月,潜移默化而来的。

这番对话之后,贝瑟尔回到了客厅。他继续出食,此时无人打扰,安宁平静。他无比珍惜。

　　随你怎么说。他阴郁地想着,至少帕萨迪纳南城的蒂莉·M.本顿太太喜欢我。

3

永恒乃一种度量,然上帝不可度量,故上帝不以永恒状。

——圣托马斯·阿奎那

乔·廷贝恩警官总是无法准确辨别乔治·戈尔在洛杉矶警署的警阶。戈尔披着便装披风,脚蹬舌口上翘的简约意式皮鞋,身上的新潮衬衫色彩鲜艳,甚至带有一丝痞气。他个头挺高,身形较瘦,廷贝恩猜测他四十五岁左右。两人在戈尔的办公室里相对而坐,戈尔的话开门见山。

"鉴于雷·罗伯茨即将莅临我市,总督要求我们派遣私人保镖……正和我们的计划不谋而合。四到五人,人数上也达成了一致意见。你申请调岗,所以先把你安排上。"戈尔从办公桌上翻出几份文件,廷贝恩看见自己的信息都在上面。"行吗?"戈尔问道。

"悉听尊便。"廷贝恩回答,内心涌起一股怨气——以及惊讶,"您不是让我去维护治安,是让我一天二十四小时随时在岗。"而且要近距离跟着罗伯茨。他反应过来,所谓"私人"就是"贴身"。

戈尔继续道:"你将和他同吃——抱歉这么直白——同住,如此等等。他平时不带保镖,但市里有很多人对乌迪教徒深怀怨恨,这样的人在黑区也不少,不过我们管不了那边的事儿。"他加上一句,"罗伯茨没有提出这个要求,但我们也不准备问他的意见。不论他是否乐意,只要进了我们的辖区,就得接受二十四小时的保护。"戈尔的语调转为了不带感情的官腔。

"听说这任务不会轻松。"

"你们四个,可以轮班休息。的确不会太轻松,你们需要时刻紧跟着他,但总共也只有四十八或者七十二小时,具体时长看他怎么选择。他还没有决定。大概情况你应该清楚吧,看过新闻都知道。"

廷贝恩却说:"我对他没有好感。"

"那可真不妙。不过这对罗伯茨影响不大,我怀疑他根本就不在乎。他在社会上有很多追随者，也有大量群众对他表示好奇。他经受得住你的私人好恶。话说回来，你对他了解多少呢？你又没见过他。"

"我老婆喜欢他。"

戈尔爽快地笑笑，"唔，这件事他兴许也经受得住。我明白你的意思，实际上，他的追随者以女性为主，好像普遍都是这样。我这里有一些关于雷·罗伯茨的内部材料，建议你在他来之前，找个空余时间通读一遍。你应该会有兴趣，这里有些猎奇的记载，涉及他的言行举止、乌迪教徒的信念等等。你知道，我们允许他在群体活动上使用违禁药物，即使严格来讲那样是非法的，它本质就是聚众吸毒，宗教方面不过是捏造出的幌子。他是个怪人，崇尚暴力——至少我们这样看他。我猜他的追随者不这么认为，或者他们知道并且喜欢他的这一面也说不定。"戈尔敲敲办公桌上靠近自己那边一个上锁的绿色金属盒，"看完你就会明白我的意思——他纵容手下那帮武装狗腿子，所谓的'力量之子'，犯下了多少罪恶。"他把盒子朝廷贝恩推去，"等你看完，我想让你去一趟人民主题图书馆，A区或者B区，去进一步了解信息。"

廷贝恩接过锁在盒子里的卷宗，答道："把钥匙给我吧，我会认真看一遍——下了班抽空看。"

戈尔拿出钥匙。"记住一点，警官，别被新闻上对雷·罗伯茨一边倒的风评蒙蔽了。关于他的报道很多，但多数不实，真相还从未向世人揭露……但真相掩盖不住，等你看完就会明白我指的是什么，具体在暴力方面。"他身子前倾，靠近乔·廷贝恩，"这么着，我给你一个选择。看完罗伯茨的材料之后回来找我，届时再做决定。实话讲，我认为你会接受这项任务，这是正式的晋升，职业生涯迈上新台阶。"

廷贝恩拿起钥匙和上锁的盒子，站起身来。我不这么看，他暗自想着，嘴上却说："好的，戈尔先生。几时答复您？"

"五点给我电话。"戈尔说着，咧开嘴继续做出那副仿佛洞悉一切的奸笑。

人民主题图书馆B区，乔·廷贝恩警官在馆长办公室排队。他神情警觉，图书馆莫名地有些令人发怵——但他不清楚是哪里不对劲，也不明白自己为什么心虚。

前面还有几个人，他等烦了，不住地东张西望，思绪因循旧路，思索起自己与贝瑟尔的婚姻、身任警察的职业生涯，然后是人生的目的和意义——假设人生存在意义、复生者被挖出地面之前经历了什么，以及到某天，他最终变回一个胚胎，被就近的子宫孕送，那将是怎样的体验？

他百无聊赖地站着，有一个熟悉的人排到身后；娇小的躯体穿了一件长长的棉布大衣，丰盈的深棕色头发如瀑布垂下：美丽的已婚少女，洛塔·赫尔墨斯。

"再见。"他招呼道，为偶遇她而感到开心。

洛塔脸色煞白，小声嗫嚅着，"我——很受不了这里，但又不得不来替塞巴查资料。"她的不适显而易见，整个身体僵硬而别扭，线条极不自然，被恐惧扭曲了外表。

"放松些。"他说。他惊讶于她的惧怕，即刻动了怜悯之心，便拉起她的胳膊，带她离开馆长办公室，走出那回荡着沉闷回音的宽敞房间，来到相对不那么压抑的走廊。

"天哪。"她的声音透着凄惨，"我真是做不到，去那里面对那个女人，那个可怕的麦奎尔夫人。塞巴让我另外找人，可我谁也不认识。我一害怕起来，脑筋就不转了。"她楚楚可怜地仰头看着他，乞求他的帮助。

廷贝恩说道："这地方能压得不少人直不起身呢。"他伸手揽住她的腰，推着她走向走廊尽头的出口。

"我不能走。"她发疯似的喊着抽出身去，"塞巴叫我务必查到阿纳奇·皮克的资料。"

"哦?"廷贝恩应道，有些不明所以。塞巴斯蒂安认为阿纳奇不久就要逆生了吗?

这提供了一个稍微不同的角度来看待雷·罗伯茨的巡礼,甚至说是全新也不为过:它能够解释为什么罗伯茨选择现在来洛杉矶。

"道格拉斯·埃普福德。"廷贝恩决定了人选。他认识那个人;行事刻板,一本正经,但还算乐于助人,显然比梅韦斯·麦奎尔容易打交道多了。"我带你去他办公室,"他对畏畏缩缩的女孩说道,"然后介绍你和他认识。其实我自己也是来这里做调查的,我得查一些雷·罗伯茨的资料,所以也需要他帮忙。"

洛塔感激不已,"你的人脉真广。"现在她的气色好多了,一改先前弓腰驼背的别扭姿态,再度爆发出迷人的活力。唔,他在心底应道,带领她穿过大厅,前往道格拉斯·埃普福德的办公室。

这天早上,当道格拉斯·埃普福德抵达他位于图书馆B区的办公室时,发现秘书汤姆森小姐正在婉拒——并以他的名义拒绝—— 一位中年黑人绅士,他腋下夹着一只公文包,身材高大,衣着邋遢。

"啊,埃普福德先生。"那人的声音干瘪而空洞,他显然一眼就认出了埃普福德,随即伸出手迎了过来,"幸会幸会,先生,再见,再见,霍巴特时相下的新问候语你可习惯?"他朝埃普福德送出一丝微笑,如相机闪光般转瞬即逝,而对方无动于衷。

"我的工作相当繁忙。"埃普福德说着，径直走过汤姆森小姐的办公桌，打开内门，前往与外间一墙之隔的办公室，"想和我会面，得进行常规预约。你好。"他反手准备将门关上。

"事关阿纳奇·皮克。"夹着公文包的高个黑人说道，"我有理由相信，你对他很感兴趣。"

"何出此言？"他恼怒地停下，"印象中，我对宗教狂热分子从来没有感到过、更没有表示过任何兴趣，好在他已经在坟墓里躺了二十年了。"他蓦地猜到了几分，厌恶地问，"皮克不会是要复生了吧？"

高个黑人再次露出机械化的笑容——相当生硬；道格·埃普福德此时注意到，对方的大衣袖子上缝了一道细细的亮黄色拼布。这是个机器人，依照法律必须佩戴身份标记，不得隐瞒。意识到这点之后，埃普福德怒意更甚；他对机器人持有一种十分苛责的偏见，那种观念根深蒂固，难以消除——事实上，他并不愿意去消除。

"进来吧。"埃普福德说道，停止了关门的动作，门缝里露出办公室一角，井井有条。机器人一般代表重要人物行事，它不会自我委派，这是法律规定。他不禁揣想是谁派了它来。某个欧洲财团的官员？也许是的。不管怎样，最好还是听完它的诉求之后再打发它离开。

两人一同走进埃普福德的办公套房,在主室内相对而立。

"这是我的名片。"机器人说着,单手递了过去。

埃普福德细看名片,眉毛拧成一团。

卡尔·甘特里克斯
律师 西美联邦

"这是我的主人。"机器人说,"那么,现在你知道该怎么称呼我了。你也可以叫我卡尔,我比较满意那个名字。"此时门已关闭,汤姆森小姐被隔在外间,机器人的声音突然改换为傲气凌人的语调,这样的情形实属少见。

"我倾向于遵循惯例,"埃普福德小心措辞,"称呼你为小卡尔。但愿这样不会冒犯你。"他的语气更显倨傲,"你知道,我很少接待机器人。那算是个不良癖性吧,但众所周知,我对此十分坚持。"

"不还是破例了。"机器人小卡尔咕哝着,收回名片放进钱包,动作机械,干净利落。随后,它坐下来,拉开公文包的拉链。"身为图书馆B区主管,你自然是研究霍巴特时相的专家,至少甘特里克斯先生这么认为。不知这个推想是否正确,先生?"机器人热切地抬眼看他。

"嗯,我的工作经常涉及这一块。"埃普福德言辞空洞地敷衍。和机器人打交道,向来的上佳策略便是摆出高人一等的姿态,需得以这种直白的方式——以及数不胜数的其他方式,时时提醒它们,不要僭越。

"甘特里克斯先生对此很清楚。他以一贯的英明,加上如此深刻的洞见,推断出你们经过多年耕耘,已称得上是霍巴特反时,或称逆时领域的权威,熟知它的优点、用途以及多个方面的缺陷。对吗?不对?请选择答案。"

埃普福德稍加思索,"我选择前者。但是,你得知道,我的知识都是实用型的,没有那么多理论,虽则我可以正确应对时相下的突发情况,而不至于惊恐万状。惊恐倒是说得过去的,小卡尔,在时相作用下,有些东西会陡然出现,例如死者。这可真的让我不是那么舒坦;在我看来,那就是一个较大的缺陷。其余的我还经受得住。"

"说得是。"机器人小卡尔点点头,那颗热塑头颅仿真度极高,"非常好,埃普福德先生。现在来聊聊正事。教宗大人,崇高的雷·罗伯茨,正准备前来西美联邦,你可能已经在晨报上看到了。他将主持一场大型公共活动,当然,那自不待言。教宗亲自过问甘特里克斯先生的行程,他要求我来贵馆B区,请求你配合,并封禁现存的一切关于阿纳奇·皮克的资料。你是否同意合作呢？作为交换，甘特里克斯先生愿意慷慨捐赠，以助贵馆在未来几年里事业蒸蒸日上。"

"这还真是则喜人的消息。"埃普福德表示认可，"不过我恐怕得问，你的主人为什么希望封禁有关阿纳奇的文件。"他紧张起来，这个机器人的举止言辞激起了他内心的戒备。

机器人站起身，金属腿脚支撑它向前探过身子，将一大摞文件放到埃普福德桌上，"为了回答你的疑问，我恳请你仔细查阅这些资料。"

助理馆员道格拉斯·埃普福德埋头翻阅起机器人呈递的伪造文件，它们刻意遣用晦涩词句，读来耗费心神。卡尔·甘特里克斯借助机器人的视频电路系统，优哉游哉地打量着对方。

循规蹈矩的埃普福德已然上钩，他的注意力转移到了图书馆员的工作上，对机器人及其行为视而不见。因此，趁埃普福德专心阅读的当口，机器人熟练地将椅子后挪左晃，靠近一个体积惊人的索引卡盒。它伸长右臂，指形手动夹具悄悄摸向盒子近端的文件。埃普福德全然没有发现，机器人便继续执行它所肩负的任务，往卡里置入一组钉头大小的微型机器人孵化胚，然后在下一张卡片背后安上微型搜索电路传输器，最后是配备三日倒计时指令电路的超敏引爆装置。

远程监控的甘特里克斯露出笑容。机器人手里只剩最后一个组件了，它将手迅速从眼前划过，小心地用余光紧盯着埃普福德，再次将指尖探出的夹具挪向文件，准备把最后这一小块精密硬件转赠给图书馆。

"噗噗。"埃普福德头也不抬地说。

文件的音频接收器捕捉到密码指令，立即激活紧急防御，像逃避危险的贝壳那般对折扣拢，叠成一小块，缩进墙里掩身不见，同时弹出了机器人植入的装置，各个电子组件干脆利落地在空中划出抛物线，落在机器人脚边，赫然入眼。

机器人吓了一跳，不由自主地叫了声"老天爷"。

埃普福德于是下令："马上从我办公室出去！"他停止阅读伪造文件，抬起眼来，面容冷若冰霜。见机器人俯身去拾那行迹败露的装置，他又补上一句："把这些东西留在这儿，我要提交给实验室去分析它们的用途和来源。"他将手伸进办公桌顶层抽屉，再抽出来，亮出一把武器。

机器人的话语传入卡尔·甘特里克斯耳中，声音传过电话线发出嗡嗡声："先生，我该怎么做？"

"立刻离开。"甘特里克斯收起了看戏的心态；这个因循古板的图书馆员能力堪比电极，可以把机器人真正变成一堆废品。他应该与埃普福德公开接触，想到这里，甘特里克斯不情不愿地就近拿起一只可视电话听筒,拨通了图书馆的总机。

片刻之后,他通过机器人的视频成像器看见,图书馆员道格拉斯·埃普福德接起了自己的分机。

"我们遇到了一个难题,"甘特里克斯说,"它同时也是你们的难题,那么,何不彼此合作?"

埃普福德答道:"我没遇到什么难题。"他的声音保持着极度冷静,丝毫不因机器人企图在他的工作区植入恶意硬件而烦扰,"既然想合作,"他补充道,"你这开局未免也走得太糟了。"

"是这样没错,"甘特里克斯说,"可我们此前和贵馆馆员的沟通一直不顺利。"你们自恃地位甚高,他想,又有焚书官保护,其他的就更别提了。但他没说出口。"在物质财富层面,我们急缺某一则信息,想要尽快查个水落石出——不论结果精确与否。其余的……"他犹豫片刻,决定赌一赌,"不如,我把具体情况透露给你,你看是否能帮我们引荐一下,有谁能确认实际内容。阿纳奇·皮克葬在哪里?"

"只有天知道。"埃普福德说。

"肯定有记录,比方说你们的图书、文章、传教小册子、市府志——"

"我们图书馆员的工作,"埃普福德说,"不是去研究或者熟记数据;相反,是要抹除它。"

短暂的沉默。

"嗯,"甘特里克斯承认,"你已经言简意赅地阐明了自己的立场。那么,我们可以认为,有关阿纳奇逆生体所在地的真相已被抹除,该记录已经不存在。"

"毫无疑问,相关记录已被抹除了。"埃普福德接过话,"或者说,至少这是合理假设……而且符合图书馆的规章制度。"

甘特里克斯应道:"而且你连确认一下都不肯,不愿去调查,即使有人为此提供丰厚的资助。"官僚主义,他想着,气得他七窍生烟。简直不可理喻。

"日安,甘特里克斯先生。"图书馆员说完,挂了电话。

卡尔·甘特里克斯静坐良久,纹丝不动,控制着自己的情绪。

他终于再度拿起可视电话听筒,这一次拨通了黑人自治区的号码。"请接崇高的雷·罗伯茨。"他告诉芝加哥的接线员。

"要想联系那位,必须——"

"我有必需的密码。"甘特里克斯说完,却放弃了通话。他感觉疲惫、挫败……不敢面对雷·罗伯茨的反应。但我们不能放弃。他意识到,我们从一开始就清楚,那个打官腔的埃普福德不会帮我们检索出真相,我们必须侵入图书馆亲自调查。

真相就在图书馆里的某处。他自忖,也许图书馆是那则信息的仅存之地,是我们能获取它的唯一来源。

依据雷·罗伯茨秘术计算的结果,时间已然不多了。现在,阿纳奇·皮克随时可能复生。

情势十分危急。

4

故而，若上帝存在，则邪恶必不可见；然世间邪恶尚存，因而上帝不存在。

——圣托马斯·阿奎那

机器人小卡尔·甘特里克斯刚跨出办公室门，道格·埃普福德立即摁下了内部通信按钮，联络他的上司，图书馆馆长梅韦斯·麦奎尔。

"你知道刚才发生了什么吗？"他说，"有个乌迪教派的头目指派了机器人来这里，然后就在我的办公室里到处植入恶意硬件。它现在已经走了。"他又加上一句，"也许我该报警。其实现在也还能报警;我这里安装的成像器录下了整个过程,所以我们有证据诉诸法律途径。"

梅韦斯脸上是一贯的迷惑性冷漠,表面不动声色,内心却酝酿着一番激烈的批评,尤其是在这个时候——清早——她最易动怒。

多年共事,埃普福德可说已熟谙她的脾性。她是一位优秀的领导:精力充沛、判断准确、总要大权独揽——而且是名正言顺地;他从未见过梅韦斯在任何问题上"踢皮球"……对待这件事也是一样。即使在最荒诞的梦里,他也未曾设想过要取代她;理性向他明确了这个冰冷的事实:他并不拥有她的能力。他的天分足以胜任她的下属一职——并出色地完成工作,但也仅此而已。他对她半是尊敬半是害怕,这种心态扼杀了他意欲在图书馆体系里往上爬的任何野心。他心甘情愿让梅韦斯·麦奎尔做老大,譬如现在,他就能顺利丢出这颗烫手山芋。

梅韦斯一撇嘴,开口道:"乌迪教,可恨之极。没错儿,我知道雷·罗伯茨即将来本地巡礼,早就料到他们会过来打探了。我想你应该清除掉恶意硬件了吧。"

"那是自然。"埃普福德确认道。它仍躺在他办公室的地毯上,待在被文件弹射出的落点。

"他们具体在找什么?"梅韦斯说话的音量很低,近乎私语。

"阿纳奇·皮克的埋葬地。"

"咱们有那则信息吗?"

埃普福德说:"我没有费心去查证。"

"我稍后问下焚书官议事会,"梅韦斯说,"让他们确认是否希望披露该事实,同时查一下他们那边的相关政策。我现在还有别的事,恕不奉陪了。"说罢,她挂了电话。

汤姆森小姐的呼叫旋即传来,"有两个人找你,先生,一个叫赫尔墨斯太太,一个是廷贝恩警官,没有预约。"

"廷贝恩。"埃普福德重复道。那位年轻警官给他的印象一直不错。那是个和他一样诚信而敬业的人,与他有诸多相似之处。至于赫尔墨斯太太,他倒不认识。可能是有人拒绝向图书馆上交图书吧,廷贝恩以前就查办过这种贪财案子。"让他们进来。"他最后决定。也许赫尔墨斯太太是个藏书犯——拒不按时交书的人。

身着制服的廷贝恩警官进了门,随他一起出现的还有一个女孩,长相甜美,一头黑发的长度令人惊叹。她似乎很不自在,对警官表现出依赖。

"再见。"埃普福德向他们亲切致意,"请坐。"他起身为赫尔墨斯太太搬过一把椅子。

"这是赫尔墨斯太太。"廷贝恩说,"她来查询有关阿纳奇·皮克的信息。你这边有没有尚未刊除的资料可以帮到她呢?"

"大概有。"埃普福德答道。今天好像大家都很关心阿纳奇啊。他暗自思忖,但这两人明显和罗伯茨毫无瓜葛,身份也截然不同于卡尔·甘特里克斯,于是他采取了不一样的态度。

"具体需要哪方面的信息呢?"他和善地发问,试图安抚女孩儿——她显然性情胆怯。

女孩的声音又细又小,"我丈夫只是叫我来尽量搜罗信息。"

"我的建议是,"埃普福德对她说,"相比于到故纸堆中海底捞针,不妨直接咨询一位当代宗教史专家。"顺带一提,最好是找个乐于接待美女的专家,就像埃普福德这样。

他玩弄着手里的圆珠笔,隆重自荐道:"事实上,我个人对已故的阿纳奇就略有研究。"他靠着回旋转椅,交叠双手,望向办公室天花板上的嵌饰。

"万分感谢您的指点。"赫尔墨斯太太羞怯地说道。

道格·埃普福德受到鼓励,心里真是乐开了花,他耸耸肩,微笑着开始一通长篇演讲。赫尔墨斯太太和廷贝恩警官都恭恭敬敬地听着,这也使他无比得意。

阿纳奇去世时享年五十岁,走过了一段精彩而不同凡响的人生。他天资聪颖,本科进入剑桥求学;其实他后来曾作为罗德学者①,继续攻读经文语言方向:希伯来语、梵语、古希腊语,还有拉丁语。随后,二十二岁时,他突然放弃了大好的学术前途——去国离家,移民至美国,跟随当时的爵士大师赫比·曼恩研习爵士乐。不久之后,他便成立了自己的爵士乐团,并在其中担任长笛手。

为求便利,他搬去了西海岸,定居旧金山。时值20世纪60年代末,加利福尼亚州教区圣公会主教詹姆斯·派克张罗着在慈恩堂举办爵士弥撒,托马斯·皮克的乐团也是受到邀请的乐队之一。彼时皮克已转而作曲,他谱写的长篇爵士弥撒大获成功;于是,专栏作家赫布·凯恩在当地新闻上称他为"派克的皮克",那是1968年的事。派克主教本人也很有来头。他曾任律师,活跃在美国公民自由联盟,是当时最杰出也最激进的宗教人物之一,多次参与所谓的"社会行动",站在舆论的风口浪尖:尤其是黑人人权方面。例如,他曾协助马丁·路德·金博士发起塞尔玛抗议活动。这一切,托马斯·皮克自然耳濡目染,他也积极奔赴舆论旋涡的中心——当然,比派克主教的影响力要小得多。在派克主教的建议下,他进入神学院进修,最终被授任主教圣职——而且承袭了詹姆斯·派克主教的激进作风,虽然他所倡议的教义如

---

① 英国"罗德奖学金"(Rhodes Scholarships)的获奖者,被称为"罗德学者"。

今已基本上被大众接受。这从一个方面证明了他思想的前卫。

事实上,皮克在一场异端审判中遭到指控,后被驱逐出圣公会教派,但他继续活跃在宗教领域,并自创一系。黑人自治区成立后,他立即迁往该地,在他的努力下,自治区首府成为乌迪教的发源地。

皮克的新教派与他先前供职的圣公会之间没有多少相似之处。"乌迪体验",即群体意识合一,构成其核心圣事——甚或唯一圣事,教众正是因此而聚集一堂。没有致幻药物辅助,圣事就无法开展;因此,和类似的北美印第安宗教一样,皮克的教派依赖于药物的供应,用药合法性更是必要条件。于是,教派与有关当局之间发展出一种微妙的合作关系。

至于乌迪体验,那些基于便衣特工一手证词的最有料的报道明确断言,群体意识真实存在,并非想象。

"除此之外——"埃普福德滔滔不绝,但就在此时,赫尔墨斯太太打断了他。迟疑不决的她终于拿定主意,开口道:

"依您所见,阿纳奇的重生,是否会对雷·罗伯茨有利?"

埃普福德沉思良久;这个问题提得很好,也使他见识到,赫尔墨斯太太尽管羞怯少言,内心却颇有见地。

"由于霍巴特时相的缘故,"他终于作答,"历史的潮流偏向于阿纳奇,雷·罗伯茨则与之相背。阿纳奇死时已是垂暮之年,他将以死时的年龄复生，生命力与创造力日益恢复旺盛——如此至少三十年。而雷·罗伯茨如今年仅二十六，霍巴特时相正带领他返回少年时代；到皮克年富力强之时，罗伯茨已成为儿童，四处找寻适宜的子宫。皮克只需静待时日。答案是不。"他下定结论，"他的重生对罗伯茨毫无益处。"何况，他自忖，卡尔·甘特里克斯已经充分证明了这个观点……不顾一切地打探阿纳奇的逆生体葬在何处。

"我丈夫经营着一家复生公司。"赫尔墨斯太太的嗓音甜美而真挚。说完这句，她瞄了眼廷贝恩警官，好像请示他能否继续说下去。

廷贝恩清清喉咙，接过话，"听说，赫尔墨斯魔瓶复生服务公司预计皮克即将返世，重生的时间近在咫尺。依据原则，任一家出土皮克的复生公司都有义务把他交给乌迪教派。但是，从赫尔墨斯太太刚才的问题可推知，这么做是否符合阿纳奇的最佳利益，我们完全有理由提出怀疑。"

"依我对复生公司运作形式的理解，"埃普福德说，"他们通常是列出潜在买主，价高者得。是这样吗，赫尔墨斯太太？"

她垂下头，点头表示认可。

"说真的，"埃普福德继续道，"你和你丈夫不必考虑道义问题。你们这桩生意，不就是搜寻即将复生的死者，然后随行就市卖掉产品。一旦开始细究道义上最合适的买主的问题——"

"我们的销售,R.C.巴克利,总是把道义作为重要标准。"赫尔墨斯太太真诚地说。

"或者只是他的说辞吧。"廷贝恩评论道。

"啊,"她语气笃定,"我很肯定他真是那么做的;他会花很多时间研究客户的背景,真的。"

一段得体的沉默。

"你不想知道阿纳奇的逆生体埋在哪里吗?"埃普福德对赫尔墨斯太太说,"那不是——"

"噢,我们已经知道了。"赫尔墨斯太太诚恳地回答,声音虽小却郑重其事。廷贝恩显然吃了一惊,面露愠色。

埃普福德对她说:"赫尔墨斯太太,你大概不该随便透露自己对这则信息的了解。"

"啊。"她应道,满脸通红,"对不起。"

埃普福德继续道:"刚刚在你之前,乌迪教专程派了人来查探消息。如果任何人接近你——"他朝她倾过身子,一字一顿地说着,好把这番话印到她心里去,"——都别说出去,甚至连我也别告诉。"

"还有我。"廷贝恩补充道。

赫尔墨斯太太像是要哭了,抽抽噎噎地说:"对不起,我恐怕又把事情全搞砸了。我总是这样。"

廷贝恩警官又问赫尔墨斯太太,"你告诉过别人吗,洛塔?"

她无言地摇头否认。

"好。"廷贝恩心照不宣地朝埃普福德点个头,"也许还没有造成损害。但对方肯定会想尽办法寻找答案,没准会地毯式巡查全部复生公司。你最好跟塞巴以及公司职员们商量一下。明白了吗,洛塔?"

她便又点头表示肯定,那双乌黑的大眼睛里闪烁着泪光。

5

唯有爱能使运动中的万物结束自然运动，静止停息；任何运动都无法超越爱而存在。

——埃里金纳

下午三时，廷贝恩警官向上级乔治·戈尔报到。

"那么，"戈尔说着，靠在椅背上剔牙，同时用苛刻的眼光打量着廷贝恩，"你对雷·罗伯茨是否已有了充分的了解呢？"

"以我目前的了解，并没有改变我对他的看法。他是个狂热分子，为持有权力不择手段，而且罔顾人命。"他想到了阿纳奇·皮克，但只字未提；他绝不能走漏洛塔·赫尔墨斯的秘密……至少他是这么看待的。不论如何，这是个复杂的问题，他得见机行事。

戈尔说："他就是现代的马尔科姆·艾克斯。还记得学习过他的资料吧？他宣扬暴力，最终尝到暴力的苦果。就像《圣经》上说的一样。"他继续审视着廷贝恩，"想听听我的见解吗？我核实了阿纳奇·皮克的死亡日期，他快要重生了。我认为那正是雷·罗伯茨光临此地的原因。皮克的重生将给罗伯茨的政治生涯画上句号。我认为，刺杀皮克将是他的一大乐事——如果能及时找到对方的话。要是按兵不动——"戈尔抢起手掌做个劈砍的动作，"就赶不及了。一旦皮克东山再起，势力将一发而不可收；他原本就是个狡猾的杂种，只是走非暴力路线而已。关键节点就是从皮克出土到他出院这段时间—— 一周至十天，具体还说不准。皮克临终前重病数月，就我所知是得了毒血症。他得躺在病床上，等待疾病好转，才有机会实际夺回乌迪教派的控制权。"

"如果是警队率先找到皮克，"廷贝恩说，"对他来说会不会好一些？"

"啊，对；该死，没错。我们可以保护他，前提是由警方把他挖出来。不过，一旦被某家私人复生公司抢了先——他们缺乏基本的军事设施，无法保护他免遭暗杀。例如，他们使用常规的市政医院……而我们当然有自己的医院。你知道，这种案例并非首次发生，以前也有仍未苏醒的逆生者成为某些人关注的焦点，只是本案更具公共意义，影响范围更广。"

廷贝恩若有所思，"但话说回来，待售的阿纳奇·皮克，将是复生公司的重要资产。向对口的买方合理营销，就能带来一笔还不错的进账。"他盘算着，那样一单交易对于赫尔墨斯魔瓶那种小型复生服务公司意味着什么，它应该可以保证他们一段时间的财务稳定。由警方强制接管皮克，对塞巴斯蒂安·赫尔墨斯而言不啻晴天霹雳……毕竟，这是塞巴斯蒂安所面临的第一个真正堪称重大突破的机会，自他那家寒酸小企业开业以来绝无仅有。

我真狠得下心从他手里夺走阿纳奇吗？廷贝恩自问。老天，那叫什么事啊，借职务之便，无情地利用洛塔在埃普福德办公室里的失言。

当然，埃普福德也可能那么做，把消息卖给雷·罗伯茨，并收取高价。随即他又打消了这个念头，埃普福德在他心里不是那种人。

另一方面，就阿纳奇本人的利益来看——

但是，假如警方得手阿纳奇，塞巴斯蒂安必然会知道他们获知地址信息的途径，不费脑筋就能追究到洛塔身上。我必须考虑到这一点，他想，任何可能的计划都得将她纳入考虑，权衡我和她之间的关系——或者说，可能发展的关系。

只是，我到底要帮助谁？他问自己，塞巴斯蒂安？还是洛塔？抑或——我自己？

我可以威逼利诱。当他猛然反应过来，顿时为这个念头感到害怕；然而这个想法真真切切地存在着。只要能让她跟我独处几分钟，告诉她——她有一个选择，可以做我的——

该死，他想。真可怕！威逼利诱她做我的情妇，那我成哪种人了？

不过，说到底，真正要紧的不是怎么想，而是怎么做。

他最终做了决定：我该做的，是找一位牧师倾诉心声。一定有人懂得如何处理复杂的道德问题。

费恩神父，他想，我可以跟他聊聊。

走出乔治·戈尔的办公室，他立即上了警备车，疾速飞向赫尔墨斯魔瓶复生服务公司。

那座破败的木质房屋总是令他称奇，它永远一副摇摇欲坠的样子，却还是屹立不倒。几十年来，这栋暗淡的产业里开办过各种各样的公司。据塞巴斯蒂安说，成为复生公司之前，这里曾是一家小型奶酪厂的厂房，雇了九个女孩。更在那之前，塞巴斯蒂安相信，这里经营的是修理电视的生意。

他驾驶警备车着陆，走进门口。接待台后面，坐在打字机旁的谢丽尔·维尔，三十来岁，工作勤恳，是公司的接待员兼簿记员；此时她正在接电话，于是廷贝恩径直向前，穿过后门，来到员工休息区，在那里见到了公司唯一的销售R.C.巴克利，他正在看一本卷了页角的《花花公子》——销售人员永恒的挚爱与首选。

"嗨，长官。"R.C.笑容灿烂地招呼他，"又来帮我们免罚单吗?"他送上销售员的职业微笑。

廷贝恩问:"费恩神父在吗?"他环视左右，没发现要找的人。

"跟其他人一起出去了。"R.C.说，"他们去了圣费尔南多的'雪松名廊'公墓，救助另一位复生者，应该再过半小时就能回来。要来点儿米共吗?"他指指一箱接近全满的米共，这是员工休息时的主要消遣。

"我问问你，"廷贝恩警官坐上鲍勃·林迪的一张高脚工作凳，诚挚地说道，"看一个人，是看他的行动还是想法? 比方说，你有一个想法，反复斟酌，但从没付诸行动……那样也算数吗?"

R.C.的额头皱了起来，"我没听懂。"

"这么着。"廷贝恩打起手势，尽力表达内心想法，却有些词不达意，况且R.C.也并非善于理解的人选。但至少这样比憋在心里好得多。"比如说你的梦，"他想到了怎么解释，又调转话头，"假设你已婚。你结婚了吧?"

"啊，没错儿，结了。"R.C.说。

"好的,我也结了。那么,举个例子,比如说你爱你妻子。我想,你应该爱她吧? 对我家那位我是爱的。那么,假设你做了个梦,你梦见自己出轨了其他女人。"

"其他哪个女人?"

"甭管是谁,就是别的女人。你真的和她上床了,我是说,在梦里。好,这样算犯错吗?"

"算。"R.C.评判道,"如果你醒来后还去回味那个梦,并且念念不忘。"

廷贝恩继续发问:"好,假设你脑子里闪现过一个如何利用他人、伤害他人的念头,但没有付诸实施;当然,因为对方是你的朋友。明白我的意思吗? 我是说,你不会加害于你喜欢的人,这一点不言而喻。可是,产生那个念头,仅凭那样一个念头,可以判断一个人有错吗?"

"你找错人了,不该跟我聊。"R.C.说,"还是等费恩神父回来,问他吧。"

"行,他不还没回来嘛,你又正好在。"他感觉到问题的急迫性,它催促着他,紧逼着他跟随它自身的逻辑——而非他本人的逻辑——行事及对话。

"每个人,"R.C.讲述,"都可能在某个时刻对他人产生恶意的动机。就拿我来说,有时我会想揍塞巴一拳,其实更多的时候是想揍鲍勃·林迪，林迪总能让我炸毛。甚至有时候——"R.C.放低了声音，"你知道吗，塞巴的妻子洛塔，她经常来这儿，也不是来干啥，就是——怎么说呢，就是来这里转转，拉家常。她挺可爱的，但是，该死，有时也让我抓狂，真能把人给烦死。"

廷贝恩说："她挺好相处的。"

"她当然好相处，大家也都很友善。这不就是你想表达的观点吗？瞧，一个那么亲切随和的人，都会让我想拿烟灰缸敲她脑袋，因为她太——"他比画着，"黏人了，老缠着塞巴不放。而且，该死，塞巴比她大那么多岁。在现今这个霍巴特时相的逆时影响下，她会越来越年轻，很快就会倒退回青少年，然后变成小学生。差不多到塞巴壮年的时候，比如我这个年纪，她就已经是婴儿了。婴儿！"他直勾勾地盯着廷贝恩警官。

"有道理。"廷贝恩承认。

"他们两个结婚的时候，当然了，她年纪要大些，更加成熟。那会儿你和她还不认识，你没负责这个片区。她当时完全成年了，完全像个真正的女人；该死，她以前的确是个真正的女人。可现在——"他耸耸肩，"你看得出该死的霍巴特时相搞了什么鬼。"

廷贝恩说："你确定吗？我以为只有死后复生的人才会越来越年轻。"

"上帝啊!"R.C.叹道,"你对逆时完全不懂吗?听我说,我和她是老相识了。她以前比现在年纪大,我也是,咱们都是。我觉得——你猜我是怎么想的?你对这事有心理障碍,不敢面对它,因为你现在年轻,说真的,太年轻了,你也经受不起继续变年轻的后果。再变嫩你就当不了警察了。"

"你真是满嘴喷食。"廷贝恩感到一股可怕的强烈怒意急速涌起,"对于没死过的人来说,逆时可能会产生一点儿影响,大概是停止衰老之类的,和复生者不一样。就说塞巴,没错,我承认他是在变年轻,可洛塔没有。我认识她已经——"他在心里算了算,"快一年了。她比以前成熟了。"

一辆飞行车在他们上方的屋顶着陆,鲍勃·林迪、塞巴斯蒂安·赫尔墨斯、费恩神父从楼梯上走下来。"辛苦赛恩医生了,"塞巴斯蒂安说着,抬眼看见廷贝恩警官,"陪他,那个复生者,一起去市民急救中心。"他叹口气,"我累瘫了。"他坐上一张藤椅,从旁边的烟灰缸里捡起一截烟头,点燃,开始吞云吐雾,"哎,乔·廷贝恩,那话是怎么说的来着?有新的还魂案子吗?"他笑了,大家都跟着笑起来。

廷贝恩说:"我想和费恩神父聊一个——宗教问题,单独聊聊。"随即他便问费恩神父,"能不能跟我出来到警备车上,咱们坐下来好好咨询一下?"

"当然可以。"费恩神父说完，便跟着廷贝恩回到公司前厅，经过仍在打电话的谢丽尔·维尔身旁，来到廷贝恩停车的地方。

他们静静地坐了一阵，还是费恩神父打破了沉默，"是有奸情吗?"毫无疑问，他也和塞巴一样拥有少许灵能。

"去你的，不是。"廷贝恩否认，"是关于我的某些想法，以前从没有过的，简单说——出现了某种情况，我可以从中获益，但却是以伤害他人为前提。那么，我应该优先考虑谁的利益? 如果答案是对方，理由呢? 为什么不是我? 我也是人啊。我想不通。"他再次呆呆地陷入沉思，"好吧，这事儿确实和女人有关，但我咨询的重点跟奸情没关系，而是我想伤害她的念头。那个女孩，我掌握了她的把柄，然后我想——只是想，怎么说呢——可以借此胁迫她跟我上床。"他不知道费恩神父些微的心灵感应力能否辨识出洛塔·赫尔墨斯的形象;但他从骨子里希望对方做不到……当然，牧师宣誓过，会守口如瓶，可还是很尴尬。

"你爱她吗?"费恩神父问。

他的思绪被猛然拉回现实之中。"爱。"他终于启齿。这是真话，他爱她。他从未有意识地考虑过这个问题，但事实显而易见。这么说，就是爱促使他反复琢磨;之前那番令人困惑的思维过程，乃是由爱而生发的。

"她结婚了吗?"

"没有。"他说，为保险起见。

费恩神父接着说道："但她不爱你。"

"啊，该死，没错，她爱她丈夫。"话刚出口，廷贝恩立刻意识到自己的失言，费恩神父不费吹灰之力就能解析他为什么撒谎说她未婚，并推知对方一定是洛塔。"同时，她丈夫是我的好朋友，"他说，"我不想伤害他。"可我真的爱她，他想，这样真叫人痛苦，所以我终日里寝食难安；爱一个人，自然就想和她在一起，想让她成为你的妻子或女友，这是人的本能。

费恩神父说："注意别告诉我名字。我不清楚你对程序了解多少，为当事人姓名保密向来是忏悔者的义务。"

"我不是来忏悔的!"他气急攻心，"只是来咨询你的专业建议。"他是否想忏悔——罪过？从某种意义上说，是的；他想寻求帮助，同时也希求宽宥：宽赦他的恶念以及未遂的恶行，宽赦他罪恶的本性。正是为恶之心驱使他前来告解，这种心态使他渴望拥有洛塔·赫尔墨斯，不惜棋走步步险着也要得到她，就像鲑鱼扑鳍摇尾，逆流而上。

"人毕竟也是动物，"费恩神父说，"自然会有兽欲，这不是我们的错。产生违背上帝道德法则的歪邪贪念，并不是你的错。"

"话虽如此，可人性毕竟高于动物。"他尖锐地反驳。但人性并未起到作用，他想，善恶斗争并非真正的矛盾所在，我内心丝毫不曾抵触恶念。

我想要的，他意识到，不是关于对错的建议，甚至不是上帝的宽赦。我是想要一幅具有实操性的蓝图！

"那我爱莫能助了。"费恩神父说道，带着几许悲哀。廷贝恩惊了一下，随即意识到对方拥有接近灵能的读心力，便说："你果然能看穿他人的想法。"现在他无比希望结束交谈，然而费恩神父却没有放过他的意思：他发觉这趟咨询有些得不偿失。

费恩神父开导道："你怕的不是行恶，而是行恶未遂，被众人知晓。你渴望的女孩，她有丈夫，你害怕自己诱骗失败，反被两人同心合力排挤，再不相往来。"他换上批评斥责的语气，"你刚才说，手里有这个女孩的把柄。假设你尝试作恶，而她搞错了方向，因担惊受怕而成为丈夫的依附——这种情况不算反常——那么你就成了——"他做个手势，"我想就是俗话说的，'翻不了身的咸鱼'。"

警备车的无线电突然响起，背景杂音下，警署联络员传达着简短的指示，受命方是洛杉矶另一片区的其他警队，廷贝恩却说："在叫我，我得走了。"他打开车门，送费恩神父下车，"非常感谢，神父。"他的道谢正式而得体。

车门关上了，费恩神父离开屋顶，回到楼下。

警备车咆哮着升上天空，暂别赫尔墨斯魔瓶复生服务公司。

费恩神父重回店内,塞巴斯蒂安·赫尔墨斯一眼便留意到他略带忧烦的凝重表情,于是说:"他肯定是遇到麻烦了。"

"谁不是呢。"费恩神父搪塞道。他沉浸在思绪中,仿佛很难看穿。

"咱们先谈正事吧。"塞巴斯蒂安招呼费恩神父和正在工作台边忙碌的鲍勃·林迪,"我一直关注着安在阿纳奇·皮克墓地的窃听器,我相信现在已捕捉到了心跳。很不规则,非常微弱,但直觉告诉我,有戏了,我们非常有望拿下这单。"

"少说也值一百万国际币。"林迪补充道。

塞巴斯蒂安继续道:"洛塔在图书馆查到了很多信息,给我们帮了大忙。"其实他有些好奇,那么羞怯的她是怎么完成任务的,"关于这位阿纳奇·皮克,该了解的我全都知道了。他真正是一位伟人,和这个雷·罗伯茨有天壤之别,简直算得上是他的鲜明对立面。我们将为世界送上福祉,尤其是黑人自治区人民。"他激动地猛呼一口烟,香烟在他手中越烧越长。"但麻烦在于,"他朗声道,"洛塔还得再回图书馆一趟,这次我想让她详尽搜集有关那个蠢货雷·罗伯茨的资料。"

"为什么?"鲍勃·林迪问。

塞巴斯蒂安示意他集中注意力。"罗伯茨既是一个威胁,同时也是我们潜在的最佳买主。"他转向专业人士R.C.巴克利，"我说的没错吧？"

R.C.在脑海中把这个话题咂摸了片刻。"就像你说的，要等洛塔再查到更多背景资料，我们才会有更全面的认识；那些电视明星啦，政客啦，宗教人物啦，新闻上报道的很多内容都是真真假假的。不过，没错儿，我认为你说得对，阿纳奇是乌迪教派的创始人，于情于理，没有谁比他们更渴望得到他。"他做出结论，"当然，你的分析也不无道理，他们可能会在第一时间把他送还给死神。"

"咱们需要去费这个心吗？"林迪说，"他们得到阿纳奇之后，要怎么对他，不是我们的事；咱们只管一手交钱一手交人，交易完成，概不负责。"

谢丽尔·维尔一直在听，此时她插话道："那也太没皮没脸了，阿纳奇人那么好。"

"且慢，且慢。"塞巴斯蒂安说，"等等看洛塔能从图书馆里查到什么。也许罗伯茨也没那么坏，说不定我们可以和他做一桩完全合法，也不违背道德的生意。"他的直觉依旧强烈——他们有可能掷出一记重磅好球。

费恩神父说："要再去一趟图书馆，洛塔不会乐意的，那个地方给了她很深的精神创伤。"

"她去过一次，"塞巴斯蒂安说，"也没能要了她的命。"然而，他打心底里感到内疚，或许他应该亲自去，可是——图书馆也让他手足无措。他烦闷地自忖，也许正因如此，他之前才会派妻子去完成调查工作……实际上是代他完成工作。洛塔对此一清二楚，但还是去了。

正是这样的性情令她讨人喜欢，但与此同时，这也使得她容易被他人利用，他必须时时警惕并克制利用她的冲动。决定权在他手上，她只是逆来顺受。有时他能成功克制，而有时候，例如去图书馆这件事，他就屈服于自己的恐惧，抽身而退，却送她去吃苦。为此，他每隔一段时间便要悔恨一番……正如现在，他对自己的憎恨已经累积到了一定程度。

"有件事，"费恩神父仍在说着，"也许你还没有想到，塞巴斯蒂安。出于人类善妒的本性，雷·罗伯茨可能对阿纳奇·皮克的复生恨之入骨，但在他的宗教组织里面，或许有人正欢欣雀跃地期盼着皮克回归。"

"个别派系。"塞巴斯蒂安说着，陷入沉思。

"去找你在警署的好兄弟廷贝恩警官帮个忙，也许能联系上他们。"费恩神父转而对R.C.巴克利说道，"我觉得应该是你负责的工作吧，你拿薪水就是干这些的。"

"当然，当然。"R.C.表示认可。他用力地点点头，拿出笔记本潦草地写了几句，"我会尽快查明。"

鲍勃·林迪戴着耳机，耳机的无线电连着塞巴斯蒂安在阿纳奇坟墓上安装的监控设备。他突然开口，"嘿，我认为你的判断是正确的。我确实听到了心跳，跟你说的一样，虚弱，不规则，但在逐渐增强。"

"让我听听。"R.C.巴克利说着，急不可耐地走到林迪身边。巴克利也和塞巴斯蒂安一样，嗅到了猎物的气息。"没错儿。"片刻之后，他表达了赞同，随即取下耳机递给费恩神父。

塞巴斯蒂安冷不丁地说："咱们直接开挖吧，别等了。"

"那样是违法的。"费恩神父提醒他，"听到明确具体的声响之前，不得开展掘墓活动。"

"法律。"R.C.嫌恶地说，"好吧，神父，你要想遵守法律条文，那咱们就直接联系雷·罗伯茨；依照法律，我们有权将逆生者出售给开价最高的人。在业内，那也是既定的行业惯例。"

前台的可视电话响了，谢丽尔·维尔把塞巴斯蒂安叫了过去。"赫尔墨斯先生，我这边有个长途电话，私人打给你的。"她把手捂在听筒上，"没说是谁，只知道是意大利打来的。"

"意大利。"塞巴斯蒂安困惑地重复着，转头吩咐R.C.巴克利，"去查查咱们的待安置名录，看有没有谁是意大利血统。"他走到维尔小姐身旁，从她手里接过听筒。"我是塞巴斯蒂安·赫尔墨斯。"他说,"请问您哪位?"

小屏幕上呈现的那张脸,不仅谢丽尔·维尔不认识,塞巴斯蒂安也不熟悉。那是一副高加索面容,稍长的黑发有着整齐的波浪卷,目光炽烈而犀利。"你我从未谋面,赫尔墨斯先生。"那人说,"这是我第一次有幸与您通话。"他有着轻微的意大利口音,语速不疾不徐,用语正式,"很高兴与您通话,先生。"

"和您交谈我也很愉快。"塞巴斯蒂安说,"请问您贵姓——"

"叫我东尼就行。"黑发的意大利人说,"姓氏就免了,眼下这不重要。据我们了解,赫尔墨斯先生,贵司拥有已故的阿纳奇·皮克的安置权。或者说,是此前已故的阿纳奇·皮克。哪种说法符合实际呢,赫尔墨斯先生?"

塞巴斯蒂安略一迟疑,随后答道:"没错,敝司拥有您所提及之人的安置权。您是否有交易意愿?"

"有很强的意愿。"东尼说。

"可否透露您所代表的买方是——"

"一位有意向的金主。"东尼说,"和乌迪教没有关系。这一点很重要。您应该理解吧? 雷·罗伯茨是个杀人狂魔,我们有必要保护阿纳奇·皮克免遭他的毒手。西美联邦和意大利均已立法,重刑惩罚将复生者安置权移交给对其持有伤害动机及倾向的一方的行为。您是否清楚相关规定,赫尔墨斯先生?"

"我让巴克利先生和您聊吧。"塞巴斯蒂安烦躁地说,这部分业务不属于他擅长的领域,"巴克利是敝司的销售代表,稍等。"他递过听筒,R.C.立即进入工作状态。

"我是R.C.巴克利。"他语速平缓而庄重,"啊,对,东尼,您的信息来源是准确的,敝司的待售清单里的确有阿纳奇·皮克,目前他已住进我们能安排上的最好的医院,刚刚经历痛苦的复生,身体还在恢复。当然,医院的名称无可奉告,望您理解。"他朝塞巴斯蒂安递了个眼色,"先生,可否告知您是从哪里得到的消息呢?这事敝司一直没有外传……因为涉及利益冲突的多方,例如雷·罗伯茨,我想您刚才已提及过他。"他顿了顿,等待对方回应。

塞巴斯蒂安暗自揣想,怎么会被外人知道呢?知情的只有本公司这六个人而已。随后他想到,是洛塔。她也知道。会是她泄露出去的吗?唔,既然他们想借阿纳奇赚一笔,实情倒早晚会公之于众,但眼下他们尚未实际获得阿纳奇的人身监护权,消息却过早外泄——他意识到,这就使得他们必须立即起阿纳奇于地下,刻不容缓,管他法律不法律的。我敢打赌就是洛塔。他想,臭婆娘。

塞巴斯蒂安把鲍勃·林迪叫出公司工作区,告诉他:"现在咱们不得不往前推进了。等R.C.挂了电话就立刻行动,接上赛恩医生,你、他、费恩神父,到森丘公墓跟我碰头,我先走一步。"他感到事态紧急,"森丘见,动作要快,把情况跟赛恩解释清楚。"他拍拍林迪的背,然后大步流星跨上楼梯,来到屋顶停车坪。他的飞行车就停在那里。

不多时,他驾车升空,前往那座几近废弃小公墓,阿纳奇·皮克长眠之处。

6

唯有完全脱离虚无，生命方可寻得纯粹。

——圣博纳文图拉

森丘。塞巴斯蒂安暗自思索，这座人迹罕至的公墓，显然是埋葬阿纳奇的人们所精挑细选的地点。他们必定相信亚历克斯·霍巴特及其提出的时间反演定律，爱戴阿纳奇的他们必定准确预见了眼下的情形。

他默默推算，雷·罗伯茨的情报团花了多少时间和力气搜寻这座坟墓。显然，时间不够长，倾注的精力也不够多。

公墓的方形绿地在下方闪现，并飞速掠向了身后；塞巴斯蒂安在空中调转车头，借助重力向下滑行，终于停靠在公墓停车场，这里曾经以砾石铺就，如今也变得如墓园一般杂草丛生，野草繁茂幽深，令人心惧。

即使在白天，这里也教人不敢踏足，哪怕地底下可能有回归的新生命大声呼救。那时瞎子的眼必睁开，死者的舌头必能言语不休。[1]他默诵着这句隐约记得取自《圣经》的引文。那段优美的篇章，如今甚为合乎事实，精确恰当。谁曾想到呢？十数个世纪以来，全世界学者都将它视为宽慰信徒的美好寓言，把它当作劝说人们接受命运的精神镇静剂，却未曾理解，预言终有一日会真正成为现实，它并非神话——

走过没什么特色的一列列墓碑，他终于来到那块花饰繁复的花岗岩碑前。**托马斯·皮克，1921—1971**。

感谢上帝——坟墓依旧和上次见到时一模一样，无人染指。四下里不见人，今晚的违法行动没有目击者。

不过，为了确定起见，他在坟墓边蹲下来，摁开他通常用于这种场合的扩音器，喊起了话："能听到我的声音吗，先生？能的话就出个声吧。"他的话音隆隆地在墓园中回荡，他暗自希望别招惹来了途经公墓的路人。他拿出耳机，扣到头上，将声敏传感

---

[1] 该句化用自《圣经》《以赛亚书》35:5—6，"死者"一句原作"哑巴的舌头必能歌唱"。

头贴在泥地上,仔细聆听。

下方没有传出应答。一阵凄风拂乱了参差不齐的荒芜草丛,这块荒郊小公墓已回归原生态……他把传感头在坟墓上移来移去,绷紧了弦,想接收到某种信号、某种回应。却一无所获。

几码①之外,微弱的语声从一座毫无干系的坟墓中传出,穿透上方的草地,来到他耳畔。"我能听到你说话,先生;我还活着,被关在这下头了,周围黑咕隆咚的。这是哪儿?"声音低微,孤寂中流露出恐慌。塞巴斯蒂安叹了口气;使用扩音器,反倒唤醒了别的死者。唔,这位也得立即开始照护,他得为这位困在棺材里无法自由呼吸的逆生者全权负责。他走过去,来到生机重现的墓前,蹲下身,把传感头贴到地面,虽然最后这步实在是画蛇添足。

"别害怕,先生。"塞巴斯蒂安对着扩音器说道,"我就在你上面,很清楚你身处困境。我们马上就接你出来。"

"可是——"那声音颤抖着,越来越弱,细如游丝,"我在哪儿? 这是什么地方?"

"你被埋在了地下。"塞巴斯蒂安解释道。这个问题也是老生常谈了:公司处理过的每个案例里,死者从苏醒到被掘起出棺这段时间,总要来一段这样的别扭小插曲……而他怎么也无法

---

① 英美制长度单位,1 码合 0.914 4 米。

习惯。"你死过一次。"他解释道,"被埋葬了,现在时间逆转,所以你又复活了。"

"时间?"声音回荡着,"不好意思,我——不太明白。什么时间?我出不去了吗?我不喜欢这里;我想回到床上,回拉宏达综合医院的病房。"

临终记忆。关于住院,以及医治无效。塞巴斯蒂安对着扩音器说道:"听我讲,先生。很快我们就会派专业人员,携带专业设备来这里,接你出去;尽量把呼吸放慢放浅,千万别把空气耗光了。你紧张吗?试着放松些。"

"我叫哈罗德·纽康,"声音颤巍巍地传上来,"是一名退伍军人,有权受到优待。我看哪,你这样对待退伍军人可不行。"

"相信我,"塞巴斯蒂安说,"不是我要这样待你。"我也曾经历过,他阴郁地想着,我记得那种感觉。在名为"泰迷你"的极简式公墓苏醒,周围漆黑一片。他联想到有些复生者,拼命哭喊哀求,却得不到任何回应……因为复生服务系统整个受到那该死的官僚主义法律约束,那份于萨克拉门托通过的法律,陈腐的法律,使我们束手缚脚,有劲儿使不出。该死的。

他僵硬地站起身——时光逆流的速度还没使他变年轻——回到阿纳奇的墓前。

　　鲍勃·林迪、赛恩医生和费恩神父到了。塞巴斯蒂安对他们说："有个人复活了，咱们得优先处理。"他把坟墓指给他们看，鲍勃·林迪立即开动钻头，狠狠钻进那踩得紧实的泥土，送入必需的空气。一切按部就班，其余的也都是固定程序。

　　赛恩医生站在他旁边，讥讽道："真走运。这下就算来了警察，你也能给出来这里的借口。例行巡视公墓，突然听到这个人的声音……对吧？"他回到坟边；林迪操作着自动掘墓设备，此刻泥土正四处飞溅。他转头继续劝说塞巴斯蒂安·赫尔墨斯，声音险些被掘墓设备的噪声淹没，"从医学角度看，我认为，现在掘出尚未复苏的皮克，将铸成大错。风险太大了，这么做会干涉人体生化重组的自然过程。反面教材大家都了解：过早出土的逆生体会停止自我修复。复生必须在地下进行，满足黑暗低温的条件，远离光照。"

　　"就跟酸奶一样。"鲍勃·林迪接茬儿。

　　赛恩医生继续道："再说，那样还会带来霉运。"

　　"'霉运'。"塞巴斯蒂安重复着，感到有些可笑。

　　"他说得对。"鲍勃·林迪帮腔道，"据说，过早掘起死者，会导致死亡之力释放，这股本应受到约束的力量在世间弥散，最终会附到一个人身上。"

　　"谁？"塞巴斯蒂安问。其实他知道这种迷信说法，早已有所耳闻：诅咒会降临在掘起死者的人身上。

"就是你。"鲍勃·林迪说着，咧嘴坏笑。

"我们可以重新埋葬他。"塞巴斯蒂安说。这会儿掘墓设备已停止工作；林迪伏身在浅坑上方，摸索棺材的边缘。"埋到地下室里，就赫尔墨斯魔瓶复生公司底下。"塞巴斯蒂安走过去，和赛恩医生、费恩神父一起，协助林迪拖起潮湿发霉的棺材。

"从宗教角度来看，"趁着林迪以专业手法拧开棺盖长钉，费恩神父对塞巴斯蒂安说道，"那么做违背上帝的道德法则。重生必须依时进行，你，以及我们所有人，都应该知道——况且你本人还经历过。"他打开祈祷经本，开始为哈罗德·纽康先生颂祷。"我今日的祷文，"他朗声宣布，"选自《传道书》。'当将你的粮食撒在水面，因为日久必能得着。'"他严厉地瞪了眼塞巴斯蒂安，方又继续。

塞巴斯蒂安·赫尔墨斯让员工们各自忙活细分的工作，自己则在墓地里漫步，以他惯常的方式，冥思、接近、聆听……然而，和前次一样，这次他同样感到被指引向那一座坟墓，那一处重要的地点，回到阿纳奇·托马斯·皮克那块花饰繁复的花岗岩墓碑，怎么也绕不开它。

赛恩医生和费恩神父说得对。他想，那么做，带来的健康隐患极其之高，而且绝对违法：不仅违背上帝的法则，也违反民法。我全都知道。他想，用不着他们来告诉我。我亲自培养的团队，竟然都不支持我。他阴郁地思索着。

洛塔不一样。他意识到，她会支持他，那也是他一直以来的精神支柱。她会理解他，他承担不起放弃挖掘阿纳奇的风险。把他留在地下，就等于邀请雷·罗伯茨的力量之子上门谋杀。这倒是个好借口，他自嘲地想着，一切都有理有据了：这是为阿纳奇的安全考虑。

只是，他又想，雷·罗伯茨究竟会有多危险？我们仍不知道；消息来源仅有报刊文章。

他回到停泊的飞行车上，拨通了家里的电话号码。

"喂。"洛塔那少女般的嗓音响起。她怯怯地接起电话，看见是他，立即露出微笑，"又来业务了？"她看见他身后是片墓地，"希望这次能赚大钱。"

塞巴斯蒂安说："听着，亲爱的——我不喜欢这样命令你，可我没时间亲自去办；大家都在忙现在这桩业务，抽不开身，而且在他后面——"他稍许迟疑，又继续道，"还有一个人等着。"他没有告诉她是谁排在下一个。

"你想让我做什么？"她留神听着。

"再去图书馆完成另一项研究任务。"

"哦。"她设法掩饰黯然神伤，"好，我很乐意。"

"这一次我们想了解关于雷·罗伯茨的背景资料。"

"我会去的。"洛塔说,"等我能去的时候。"

"什么叫'等你能去的时候'?"

洛塔说:"我一到那里,就——焦虑发作。"

"我知道。"他说着,完完全全地感受到了自己对她的伤害。

"但我觉得还是可以再去一次。"她木讷地点点头。

"切记,千万切记,"他说,"躲开那个老妖婆梅韦斯·麦奎尔。"尽你所能吧,他想。

洛塔突然容光焕发。"乔·廷贝恩刚刚调查过雷·罗伯茨的背景,也许我可以直接找他要。"她的脸上洋溢着全然解脱的幸福,"那我就不用亲自去了!"

"同意。"塞巴斯蒂安说。何乐而不为呢?想来也是,洛杉矶警方自然要调查罗伯茨,毕竟那人即将出现在他们的辖区。兴许廷贝恩已经掌握了全部资料;说得难听一些,他在图书馆的收获,洛塔也许——老天开恩,这显然没有怀疑的余地——洛塔真正是一辈子也望尘莫及。

挂了电话,他心想着,我打心底里希望她能约上乔·廷贝恩。他不敢打包票,毫无疑问,现时警方极其忙碌,廷贝恩也许一整天都抽不开身。

他隐隐感到洛塔即将遭受厄运,很快就要倒一场大霉。想到这里,他瑟缩了一下,仿佛感同身受。

于是乎,心里的负疚感更加深重。

他走回挖开的坟墓,对忙碌的一众员工说道:"咱们加把劲儿,赶紧把这位处理好,就便接出那位重要人物。"他已经下定了决心,既然来了,那就趁早掘出阿纳奇的肉体。

他祈愿自己在有生之年不必后悔,然而,内心深处却涌起截然相反的直觉,久久萦绕心头。

而且,至少在他看来,那似乎依旧是最佳的行动方案。他既已认定,便怎么也无法抛却。

7

论辩使你我趋近彼此。当我领会你所领会的,我的思想辄与你趋同,且亦成为你的一部分,个中感受难以言表。

——埃里金纳

约瑟夫·廷贝恩警官驾驶警备车在辖区例常巡逻的途中,接到了警署联络员发来的无线电呼叫。"洛塔·赫尔墨斯太太要求你和她联系。是公务吗?"

"是。"他撒了谎,而除此以外也无甚好说。"行,"他继续道,"我会给她打电话。我有她的号码,谢谢。"

他等到四点钟值完班,换了身便衣,才找一间付费可视电话亭给她打去电话。

"你的声音真叫人心安。"洛塔说,"你知道吗？我们还得尽可能地收集那个乌迪教头头雷·罗伯茨的全部信息。你刚刚去图书馆调查过他,我想,找你要资料的话,我就不用再去一趟图书馆了。"她凝视着他,眼神中充满乞求,"我今天已经去过那里一次,真是不敢再去了,那里好可怕,人人都盯着你看,连大气都不敢出一口。"

廷贝恩说:"咱们一起用个米共如何？就去萨姆出食厅吧。你知道地址吗？过去方便吗？"

"过去的话,你就跟我分享雷·罗伯茨的情报吗？天色不早了,我担心图书馆很快要关门,那就没法儿——"

"你需要了解的全部信息,我都能告诉你。"廷贝恩说。还有其他的很多真心话儿,他想。

他挂了电话,便忙不迭地驾车前往怀恩街上的萨姆出食厅。洛塔还没到,他挑了店面深处一个可以直视门口的半开放式包厢坐下。她很快现身,穿着一件过于肥大的冬季外套,憔悴的眼中饱含忧愁;她左右望望,迟疑着踏入店门,一眼没看见他,担心他没有真正来赴约之类。于是他起身向她招手。

"我带了纸笔,好记下来。"她来到他对面坐下,胸脯剧烈起伏,为找到他而深觉欢欣……仿佛这就是场奇迹,是命运特别的安排,使他们有幸在大致相同的时间里出现在了相同的地点。

"知道我为什么邀请你在这里见面吗?"他说,"我想和你独处一会儿,因为,我爱上你了。"

"啊,天哪。"她说,"那我还是得去一趟图书馆了。"她腾地跳起来,收拾起纸、笔和手包。

他跟着站起来,连声相劝:"这并不是说我没有雷·罗伯茨的情报,我也不是不肯给你。请坐,冷静些,没事的;只是我这番心意不吐不快。"

"你怎么可能爱上我呢?"她说着,重新坐下,"我这么差劲,而且,怎么说我也结婚了呀。"

"你并不差劲。"他回答,"而且,婚姻有结就有离,它不过是民事契约罢了,不就是搭伴过日子,有开始也有结束。我现在也是已婚。"

"我知道。"洛塔说,"不管哪次遇到你,你总是在数落她的不是。可是,我爱塞巴,他就是我的整个生命。他是那么有责任感。"她凝神盯着他,"说心里话,你真的爱我吗?我有点儿受宠若惊。"显然,那番表白给了她莫大的鼓励,说不清为什么,她好像觉得自在多了,"嗯,咱们可以敞开聊聊那个诡秘的雷·罗伯茨了。他真像报上说的那么坏吗?你知道塞巴斯蒂安着急要查他背景的原因吧?我想,告诉你也无妨,反正你都知道我不该说的那则秘密了。他想要罗伯茨的信息，是因为——"

"原因我了解。"廷贝恩说着，伸出手去触碰她的手，她立即抽开了。"我先解释一下，"他继续道，"你我都很关心，罗伯茨对皮克的重生持何种反应。但这件事其实属于警方事务，一旦皮克完成复生，警方自然就应负起保护他的职责。假如我的上级得知你们的复生公司已经确定了皮克逆生体所在的位置，他们会在第一时间派出自己的外勤队把他挖出来。"他顿了顿，又说，"那样的话，你丈夫将会遭受很大的损失。我还没告诉戈尔。乔治·戈尔就是我们分管逆生事务的领导。我也许应该如实报告。"他打量着她，等待她的回答。

"谢谢你向戈尔先生保密。"洛塔说。

他补充道："但我可能还是得上报。"

"在图书馆的时候，你表现得像是我从未失言一样，当时你说，'甚至连我也别告诉'，意思就是，身为警官，你已正式表态，没有听到我的话。假如你向戈尔先生报告——"她迅速眨眨眼，"塞巴斯蒂安马上就能想到你是怎么得知的，他清楚我有多蠢笨，把事情搞砸的总是我，总是我。"

"别这么说。你只是天生不善欺骗，真实表达内心所想，那是很正常、很自然的。你是个值得钦佩的人，也非常可爱，我钦佩你的诚实。这都是真心话。你丈夫知道了想必会痛心不已。"

"他也许会跟我离婚。那你就能跟妻子离婚，然后娶我了。"

他惊了一下。她在开玩笑吗？他看不出。洛塔·赫尔墨斯真是静水流深，深不可测。"这倒也算不得多么古怪的事。"他小心翼翼地说。

"什么事？"

"就是你刚才说的！我们最终结为夫妻！"

"可是，"洛塔坦诚地说，"只要你别报告给戈尔先生，我们就不必结婚。"

"没错。"他答道，脑子还没转过弯儿来。洛塔当真是个逻辑鬼才。

"求求你，别去报告。"她恳求的语调中夹杂着一丝不忿，毕竟正如她所指出的，他已经以警官身份明确表态，自己没有听到相关消息。"我认为你跟我并不合适。"她继续道，"我需要一位长者来依靠，我非常黏人。我已经不再是个成年人了，那该死的霍巴特时相让这种体会一天比一天更深。"她用笔在便笺本上胡乱涂画着，"未来真是煎熬：回到童年，再变回婴儿，无法自理，等着人照料。每一天我都努力让自己更成熟些，日日与时间抗争，正如从前的女性步入中年时抗衰、减肥、抗皱。咳，我倒不必担心那些，但是你瞧，到我变成孩子的时候，塞巴斯蒂安仍然是大人，那样很好，他可以像父亲一样保护我。可是你跟我年纪差不多，我们只会一起变成儿童,那样有什么好处呢?"

"没啥好处。"他表示同意,"不过,听我说,咱们做个交易。我给你雷·罗伯茨的资料,至于阿纳奇·皮克的逆生体已由你们公司持有的事实,我也向戈尔保密。塞巴斯蒂安不会知道你曾在我面前失言。"

"是你们俩。"洛塔纠正道,"还有那个图书馆员。"

他只顾着往下说:"我的条件,你愿听吗?"

"愿意。"她乖乖地听着。

他直奔主题,有些哽咽地提出,"可否把你的爱向我这边匀一点点?"

她笑了,带着毫无恶意的欣喜之色。他这下可真正给弄糊涂了,完全摸不清自己进行到哪一步,取得了多少进展——甚至是否有进展。他感到很沮丧,而涉世不深的少女却阴差阳错地掌控着话题。

"这话是什么意思?"她问。

它的意思是,他在心里默答,跟我上床。但他嘴上却说:"我们可以像这样偶尔约一约,见个面,比如说,白天约个会什么的。我可以调班。"

"你是指趁塞巴斯蒂安在公司忙着的时候?"

"对。"他点头。

她突然哭了起来，眼泪顺着脸庞淌下，而且丝毫没有要忍住的意思。她哭得像个孩子，令他简直不敢相信自己的眼睛。

"这是怎么了？"他哄道，条件反射地掏出手帕，轻轻擦拭她的泪眼。

洛塔抽抽搭搭，"我之前想的没错，确实还得回图书馆一趟。可恶。"她站起来，收好纸笔和手包，便动身离开桌子。"你没有意识到这次见面对我的影响。"她说话的语调冷静多了，"你和塞巴，你们俩，害我今天还得去第二趟。我知道去了会发生什么，我知道这次一定会遇到那个麦奎尔夫人；上次就该是她的，要不是你帮我引荐了埃普福德先生的话。"

"你可以再去找他啊。你知道他的办公室怎么走，直接去，就之前那个地方，我带你去过的嘛。"

"没用的。"她黯然摇头，"不会有我们想象的那么顺利，他到时候已经下班，享用米共什么的去了。"

他望着她离开，想不出该说什么，感觉自己没用极了。他思索着，她说得对，正是我赶着她去面对她无法面对的人和事。是我们，塞巴斯蒂安·赫尔墨斯和我，合力促成了此种结果。他原本可以自己去，我也可以把资料交给她；可他自己不去，我也硬要她的报答才肯给出资料。上帝啊，他想着，我真是恨透了自己。我都做了什么？

而我还口口声声说我爱她。他想，塞巴斯蒂安也是一样，他也"爱"她。

他呆立着凝视她的背影，直到看不见了，便快步走到出食厅另一头的付费电话机旁，查到图书馆的号码，拨了过去。

"人民主题图书馆。"

"请找道格·埃普福德。"

"抱歉，"总机台的姑娘说，"埃普福德先生已经下班了。您是否需要转接麦奎尔夫人呢？"

他挂了电话。

正在审读手稿的梅韦斯·麦奎尔夫人抬起头来，看到桌前站着一个年轻女子，黑色长发掩不住她惊惧的神色。手头的事被打断了，麦奎尔夫人颇有些恼火地说："你好，有什么事吗？"

"我想请你们帮忙查查雷·罗伯茨先生的资料。"那姑娘面容苍白，毫无血色，说起话来好像背书一样。

"'请我们帮忙查查雷·罗伯茨先生的资料。'"麦奎尔夫人讥讽道，"明白了。现在已经——"她瞟了眼腕表，"五点半，还有半个小时就闭馆了。你想让我替你检索所有资源，分类汇总，整理得井井有条，递到你手上，而你所要做的，只是坐下来通读一遍。"

"对。"女孩嗫嚅道，几乎看不出嘴唇在动。

"小姐，"麦奎尔夫人说，"你知道我是谁，我的职务是什么吗？我是图书馆馆长，我手下有百来名员工，随便哪个都帮得上你——只要你白天早一点儿来。"

女孩低声回答："是他们让我找你的，接待处的那些人。我本来想找埃普福德先生，可他不在。之前就是他帮我查的。"

"你是洛杉矶市民吗？是否在政府机构供职？"

"不是，我是赫尔墨斯魔瓶复生服务公司的。"

麦奎尔夫人尖锐地追问："罗伯茨先生死了吗？"

"我——我想没有。也许我还是先回去的好。"女孩转身离开办公桌，缩肩弓背的样子犹如一只瘸腿的病鸟，"对不起……"她的声音越来越细。

"等等。"梅韦斯·麦奎尔招手叫她回来，"转身对着我。你是受人指使来的，你听了你们复生公司的差遣。依照法律，你有权将图书馆作为资源库调用，也拥有充分的权利来这儿检索资料。到里间来吧，跟我来。"她站起身，步伐轻快地领着女孩穿过两个外间办公室，来到常人不易接近的密间。她在私人办公桌旁坐下，揿动内部通信系统诸多按钮中的一枚，发出通知："哪位焚书官现在有空，请下来我办公室几分钟。谢谢。"说完，她转头审视着女孩。我可不会放这人出去。梅韦斯·麦奎尔思忖道，我非得把那家复生公司派她来做雷·罗伯茨背景调查的原因拷问清楚不可。

就算我撬不开她的嘴,焚书官也一定行。

8

物质本身（概其所具之表以外）亦无形，且不可名。

——埃里金纳

　　赫尔墨斯魔瓶复生服务公司工作区，赛恩医生头戴听诊器专心聆听着生命迹象，胸件则放置在阿纳奇·托马斯·皮克逆生体那肤色发青、无甚特别之处的胸腔上。

　　"有动静吗?"塞巴斯蒂安问，他感到极其紧张。

　　"目前没有。不过，当前阶段生命状态会频繁波动。现在是关键时期，所有身体组织已经返归就绪，逐渐恢复官能，但——"赛恩打了个手势，"等等，我好像听到了什么。"他瞟了眼辅助器械，它正按部就班地读取着脉搏、呼吸、大脑活动数据；伴随着哔哔声，数值轨迹画出平直的线条。

"尸体毕竟是死的。"鲍勃·林迪没好气地说道，这番话充分表明了他对执行方案的消极态度，"死人当然动不了，不管这人是不是阿纳奇，也不管他距离复生还有五分钟还是五百年。"

塞巴斯蒂安看着一张纸条，出声念道："'Sic igitur magni quoque circum moenia mundi. Expungnata dabunt labem putresque ruinas.'最后这两个词是重点，'putresque ruinas'。"

"这是哪儿来的?"赛恩医生问。

"从墓碑上抄来的。他的墓志铭。"他指了指逆生体。

"医疗术语之外的拉丁文我懂得不多。"赛恩医生说，"不过，我也能明白'腐朽''毁坏'这样的字眼。这话不是他亲自拟的吧?"接下来是短暂的沉默，赛恩医生、林迪、塞巴斯蒂安三人静静地注视着逆生体。它虽然干瘪瘦小，但五脏六腑俱全，已具备重生的条件。塞巴斯蒂安暗自思忖，是什么因素阻碍了他重获新生?

费恩神父突然诵道："'恒常终难觅，万物皆流变；元素性相依，百态始此现。吾既见之形，吾既为之名；时逝而形非，身去徒余名。'"

"你在背什么?"塞巴斯蒂安问神父。他从没听过圣经里有如此韵文。

"这是对阿纳奇墓志铭第一个诗节的阐释,这首诗的作者是提图斯·卢克莱修·卡鲁斯——就是撰写《物性论》的那个卢克莱修。你没读过吗,塞巴?"

"没有。"他承认。

"说不定啊,"林迪刻薄道,"把墓志铭倒过来念,他就会复生,没准儿诀窍就在这里。"他索性直接向塞巴斯蒂安发难了,"人为复活一具尸体,让我感觉很不舒服;以往都是听到被困在地下棺木里的活人呼救才把他们挖起来,这两者有质的区别。"

"区别只在于时效,"塞巴斯蒂安说,"是要等几天、几小时,还是几分钟。你只是不愿从这个角度去考虑。"

林迪毫不避讳地反问:"难道你每天都花大把的时间回忆自己是具尸体时的日子吗? 塞巴,你经常那样考虑吗?"

"其实没什么好考虑的。"对方回答,"死后并没有知觉。我是从医院里抬出去埋的,之后在棺材里苏醒。"他补充道,"临死、复生,我都记得,也经常回想。"毕竟复生经历给他留下的幽闭恐惧后遗症还在。许多逆生者都是一样,那成了他们心里的通病。

"我想,"谢丽尔·维尔远远地看向他们,插话道,"这就证明了上帝和彼世都不存在。你刚才说的,塞巴,死后并没有知觉。"

"那不尽然。"塞巴斯蒂安说,"人没有投胎的记忆,但这也未能动摇佛教的根基。"

"没错。"R.C.巴克利加入交谈,"逆生者不记得,不代表没发生过;就像很多时候,我早上起来,知道自己整晚做了很多梦,却连一个该死的场景都没记住,什么都想不起来。"

"我也经常做梦。"塞巴斯蒂安说。

"梦到什么?"鲍勃·林迪问。

"森林之类的。"

"就这?"林迪讥讽道。

"还有一个。"他犹豫片刻,还是讲了出来,"一团黑乎乎的东西,像巨大的心脏一样搏动着,体积很大,声音很响,跳得怦怦的,起起伏伏,反反复复,而且怒火熊熊,把它不满意的那部分我烧了个精光……只剩下零落的碎片。"

"Dies Irae,"费恩神父评论道,"神怒之日。"他脸上毫无惊讶的神色,想必是塞巴斯蒂安早就跟他聊过。

塞巴斯蒂安继续说着:"而我对它的感知变得极其敏锐。它拥有着绝对的生命力。与之相比——我们不过是无生命的肉身容器里点亮了一星火花,我们的行走、交谈、活动,都拜那火花所赐。这些是全然的感知,没有通过视觉或听觉输入,它就那么成了意识。"

"妄想症。"赛恩医生嘟囔道,"总是臆想自己被监视。"

"那东西对你有什么不满意呢?"谢丽尔问。

他沉思一番,然后说道:"我还不够小。"

"'不够小。'"鲍勃·林迪嫌恶地学舌,"狗——食。"

"想什么呢。"塞巴斯蒂安说,"现实中的自己比我以为的自己渺小多了。我也不肯承认自己渺小,总爱把自己想象得很厉害,野心勃勃的。"譬如要获取阿纳奇的逆生体,赚一笔大钱。他自嘲地想着,那就是一个完美的例证。他还没学到教训。

"为什么它想让你变小?"谢丽尔非要探个究竟。

"因为小才是真相,是事实。我必须面对现实。"

"这是何苦?"林迪发问。

"这是审判日的要求。"R.C.巴克利深入浅出地讲解道,"那一天,你必须面对自己所逃避的一切现实。换句话讲,没有谁不是自欺欺人,而且自欺的程度胜过欺人。"

"没错。"塞巴斯蒂安赞同道,这句总结很精妙。"解释起来有点儿绕,"他说,"若要得上帝相助,首先得理解,你所做的一切皆为他的意志。"要是能促成阿纳奇·皮克的复生并和他交流,一定会很精彩,他可是信仰思辨领域的集大成者。

"宗教糟粕而已。"林迪的语气十分不屑。

"可是你想一想,"塞巴斯蒂安说,"举个现实例子,我要抬手。"他说着便举起手来,"我认为自己能自发完成这个动作,但它的背后是复杂的生化反应,需要诸多生理器官参与;那些器官是我自父辈继承得来的,是我意识暂居的躯壳,而非我的造物。只要脑袋一侧出现一个铅笔擦大小的血栓,另一侧的躯体就再也不能举手抬腿,甚至会偏瘫一辈子。"

"那么,你就得在上帝面前摇尾乞怜了?"鲍勃·林迪挖苦道。

塞巴斯蒂安说:"只要面对真实,便能得上帝相助。只是,该死,面对它简直太难了。当你完全接纳它的时候,人就几乎不存在了,缩小到接近于零。"其实这话并不太对,但总有或多或少的真实能留下。

"'神是天天向恶人发怒的。'"费恩神父背起了经文。

"我不是恶人,"塞巴斯蒂安说,"只是愚钝罢了。最终,我也必得面对真实,只有那样——"他犹豫良久,终于再度开口,"才能前往我的归宿,回到上帝身边,并深刻理解,我生命中所做的一切,其实十之有九皆是他的所为,是他经我之手达成,而我不过是他施行意志的媒介。"

"你做了那么多好事吗?"林迪继续抬杠。

"我所做的一切,自然有好有坏。"

"真是异端。"费恩神父说。

"怎么了?"塞巴斯蒂安反问,"这些都是事实。别忘了,神父,我经历过死亡。我可不是在讲解个人的信念或者信仰,而是在陈述事实。"

赛恩医生突然开口,"我现在捕捉到一点儿心脏颤动,心律不齐,心房纤颤,也许这是他最终的死因。他已经成功开启了逆生进程。幸运的话,如果逆生过程持续顺利进行,接下来也许就能过渡到正常心律。"

谢丽尔·维尔又捡起了之前的神学讨论,发问道:"我还是不明白为什么上帝要让我们觉得自己渺小。不是说神爱世人吗?"

"小声点儿。"赛恩医生迅速劝阻。

"人必得渺小,"塞巴斯蒂安说,"如此才可数量众多,方能有千万亿个个体存活。如果人类很大,大到像上帝那般,那么数量能有多少呢?依我看,唯有渺小,每一个灵魂才有机会——"

"他活过来了。"赛恩医生说道,身子明显放松下来,"成功了,他挺过了最难的一关。"他瞟了眼塞巴斯蒂安,微微笑道,"你赌对了;我们见证了一个人的复生,而且这人还是阿纳奇·托马斯·皮克。"

"那现在该怎么弄?"林迪问。

"那现在,"R.C.巴克利喜不自禁地说,"我们发财了。咱们的名录里又多了一则待安置信息,可以开出大家听都没听说过的天价。"他激动得开口大笑,精明的眼珠滴溜溜乱转。"好嘞,"他说,"让我算算。从那意大利人开始;目前虽然只有他一个,但重点在于,他已开出底价,这样各方就能继续竞价,水涨船高。"

"哇!"谢丽尔·维尔赞叹道,"我们应该象征性地一起摄食一筒米共,以示庆祝。"R.C.的话她听明白了;之前的神学讨论搅得她云里雾里,但这话她能理解。她和R.C.一样,在常识方面头脑清楚,经验老到。

"拿米共来!"塞巴斯蒂安说,"大家同庆吧!"

"那么,现在你正式拥有他了。"林迪说,"接下来要做的,就是决定把他出售给谁。"他面色惨淡地哂笑道。

"大概还是让他自己决定的好。"塞巴斯蒂安说。具体方案他们还没讨论过。逆生体状态下的阿纳奇似乎没什么特别的,就是一个物件,一个商品;但此时他已然复生为人成了同胞,虽然严格来讲,他仍然是属于复生公司的资产……是商品个体。"他为人精明——必定不亚于前世。"塞巴斯蒂安指出,"咱们可以直接问他关于雷·罗伯茨的信息,说不定比图书馆的资料还翔实。"同时,他注意到洛塔还没回来,隐隐感觉出了什么岔子。他不免担心起来,脑海深处不断琢磨着究竟是什么事拖住了她,会有多么严重……尽管阿纳奇复生在即,随之而来的诸多问题已迫在眉睫。

"要送他进医院吗?"R.C.问。

"不送。"塞巴斯蒂安做了决定。那样风险太大了,留在公司里,赛恩医生就能提供足够的医疗照护。

赛恩医生再次开口,"看样子他快要恢复意识了。他的复生过程好像快得出奇,这标志着他当初的死亡进程也很迅速。"

塞巴斯蒂安俯身细细打量阿纳奇,凝视着那张干瘪、发青、皱巴巴的脸。此刻,脸上已明显有了生气,变化非常显著。看到曾经死气沉沉的有机体焕发生机……他暗自思忖,这是真正的奇迹,最伟大的奇迹——复生。

那双眼睛睁开了。阿纳奇注视着上方的塞巴斯蒂安,胸口有规律地起伏着,面部表情很安详;塞巴斯蒂安认为,他当年必定也是如此安详地去世的。他与受蒙召的恩相称。塞巴寻思着,阿纳奇去世时,一如苏格拉底:不憎恨任何人,不恐惧任何事。他深受震撼。说起来,他和赫尔墨斯魔瓶复生服务公司的同事向来见证不到这个重要时刻:苏醒往往发生在掘墓之前,在阴冷孤寂的墓穴里完成。

"他大概会发表什么深奥的见解吧。"林迪推测道。

那双眼睛的瞳孔动了动,死而复生的逆生者环视着屋里的每一个人。眼珠缓缓转动着,却没有别样的神采,五官也保持着凝滞的表情。塞巴斯蒂安不禁想,这就像复生了一台监视器似的。不知道他还记得些什么。他自忖,会比我多吗?但愿如此。也有理由这么认为,毕竟他是神职人员,这方面肯定更加敏锐。

干燥开裂的乌青嘴唇翕动着，阿纳奇的声音如同瑟瑟微风在低吟，"我见到了上帝。你可会怀疑？"

一阵沉默，之后，在众人的震惊中，R.C.巴克利把话接了下去，"你可敢怀疑？"

阿纳奇道："我见到了全能的主。"

"他的手心与山峦相抵。"巴克利说完这句便卡壳了，努力回忆着下一句；房间里的其他人全都望着他。阿纳奇也看着他，等待他继续下去。"他观望着世界，尽察南北东西。"巴克利终于背了出来。

"我见他，比你此时见我更清楚。"阿纳奇低声说道，"你不容怀疑。"

"这都什么啊？"鲍勃·林迪问。

"这是一首爱尔兰古诗。"巴克利说，"我是爱尔兰人。印象中，这应该是詹姆斯·斯蒂芬斯写的。"

阿纳奇说话的声音有力些了，"他心意未遂，他的面容尽显不满意。"言罢，他闭上眼稍事休息；赛恩医生监听着他的心率，检查各项身体机能的读数条。"他将手扬起，"阿纳奇吐字模糊，仿佛要再度陷入死亡似的，"吾欲以身相阻。我高呼，吾立于此地，绝不挪动一步。"

"他于是说，"巴克利接了下去，"亲爱的孩子，我唯恐你死去。便住了手。"

"没错。"阿纳奇颔首道，表情十分平静，"我不想忘记。他住了手，因为我。"

林迪便问："您是位特别的人物吧？"

"不。"阿纳奇说，"我只是个小人物。"

"小人物。"塞巴斯蒂安重复道，点了点头。他是如此清晰地记得，自己小得可怜，微乎其微，仿佛宇宙万物中最微不足道的尘埃。现在，他也记起了这些：不满的表情、扬起的手……然后那手的动作止住了，正因为他说了什么。阿纳奇与巴克利的交替吟诵勾起了他心底尘封的记忆。那怒而扬起的手，令人胆寒。

"他于是说，"阿纳奇重又诵道，"他唯恐我死去。"

"嗯，你死过一次。"林迪实事求是地说，"所以你才会出现在那里，对吧？"他瞟了眼塞巴斯蒂安，一副满不在乎的模样。"那你呢，R.C.，"他转而问巴克利，"你是跟他一块儿的吗？你怎么知道这么多？"

"那是首诗啊！"巴克利情绪激动地说，"我从小就会背。看在上帝的分儿上，快别提了。"他神色有些局促，"它深深地印在了我幼年的脑海里。我现在记不全，但经过他的提示——"他指指阿纳奇，"又基本上都回忆起来了。"

塞巴斯蒂安对阿纳奇说："的确是这样的，我这下想起来了。"不止于此,他还记起了许多其他的细节,需要很长时间来去芜存菁,慢慢消化。他又嘱咐赛恩医生道:"你能为他提供足够的医疗照护吗？能不能不送他去医院？"

"可以试试。"赛恩医生没有给出准话儿,只是继续查看读数、测量脉搏；他似乎尤其关注脉搏。"肾上腺素。"他喃喃自语着,扒开医疗背包翻找,随即便开始准备注射。

"这么说来,"鲍勃·林迪开口道,"R.C.巴克利,我们炙手可热的销售,还是位诗人喽!"他的反应半是不屑半是怀疑。

"快别酸了。"谢丽尔·维尔语气尖锐地制止道。

塞巴斯蒂安再次俯身对阿纳奇说道:"您知道这是哪儿吗,先生？"

阿纳奇有气无力地回答道:"我想应该是病房,但又不像是在医院。"他的眼珠再次左右转动,带着孩子般的好奇、单纯与天真,探索并接纳着一切,对眼前的所见没有半分抵触,"你们是敌是友？"

"是友方。"塞巴斯蒂安说。

鲍勃·林迪跟逆生者沟通的方式一向直来直去,现下照样本性不改。"你死过一次。"他对阿纳奇说,"大概二十年前死的。你死之后,时间发生了变化,它逆转了,所以你又回到了人间。你怎么看？"他朝下贴近身子,慢慢地大声复述,好像对方是外国人似的，"你对此有什么反应呢？"他等了一会儿，却没有收到答案。"现在你得把整个人生再活一遍，返老还童，最后变成奶娃，接着回到子宫里去。"他又宽慰似的补上一句，"我们大家都得遵守这个规律，不管死没死过。"他指指塞巴斯蒂安，"这儿这人死过，跟你一样。"

"看来亚历克斯·霍巴特的理论是对的。"阿纳奇说道，"我也有信徒支持他，他们一直盼着我复活。"他露出纯真而热烈的笑容，"我以前还觉得他们太夸张了，也不知道那些人现在是不是还活着。"

"当然活着，"林迪说，"要不就是即将复活。你没听明白吗？假如你认为你的复生意义非凡，那可大错特错；我的意思是，它不具有任何宗教意义，现在，死者复生只不过是一种自然现象。"

"即便如此，"阿纳奇说，"他们也会高兴的。有人联系过你们吗？我很乐意跟你们对一对姓名。"然后他又闭上眼睛，似乎好一阵子喘不上来气。

"先把身体养好些吧。"赛恩医生说。

"我们应该帮助他联系他的信徒。"费恩神父提议。

"那是自然。"塞巴斯蒂安有几分恼怒，"这是标准程序，我们一向都是这么做的，你很清楚。"但这位实属特殊，他们心中了然,虽则阿纳奇本人自是不知情。重生的喜乐似乎充溢着他的身心,他已经挂念起了曾经的密友,仰仗他的人以及他所依赖的人。欣喜的重聚不是在来世,而是在这里。塞巴想,真讽刺……这里,加利福尼亚州大洛杉矶的赫尔墨斯魔瓶复生服务公司,竟成了灵魂相遇之所。

此时,费恩神父已与阿纳奇攀谈了起来,两位同袍教友惺惺相惜。

"您墓碑上的碑文,"费恩神父正说着,"我知道那首诗,也觉得挺有意思,因为我认为那是对基督教一切观念的整体批判,例如灵魂不灭、彼世、救赎等等。是您自己选的吗?"

"是他们替我选的,"阿纳奇喃喃道,"我的朋友们。我一向认同卢克莱修的思想,我想这是选它的主要原因。"

"那么现在,"费恩神父问,"经历过死亡、彼世与重生之后,你还认同他的观点吗?"他凝神恭听着。

阿纳奇低声道:"'牛乳碗中盛,松香罐外施;此皆远来物,其源未可知。观之晶莹雪,或曾为火焰;视之炽烈火,或曾为星点。'"他点点头,抬眼望向工作区的天花板,"我仍然认可。一直认可。"

"那么这些句子呢?"费恩神父又问,"'初收择种时,扬扬抛而撒;虚者自飞旋,实者沉地下。虚实自此分,死生由此别——'"

阿纳奇接过话，"'生者更生衍，生者亦终结。'"他的声音很不自然，低沉、绵远，几不可闻，"我说不好。我得想想……这一切来得太快了。"

"让他休息。"赛恩医生说。

"对，别打扰他。"鲍勃·林迪帮腔，"你总是这样，神父；每次我们带回逆生者，你总希望他们能给你解答神学问题的线索。可他们啥也说不上来，个个都跟塞巴一样，就只记得一点点。"

"这位可不是普通人。"费恩神父强调，"阿纳奇曾是一位有权有势的宗教界伟人。"他又补充道，"而且必将归复权位。"

就凭这一点，他就价值连城。塞巴斯蒂安自忖着，还是优先处理要紧的事，神学和诗歌过后再谈吧。手脚慢了可就要大祸临头了。

道格拉斯·埃普福德下班回到共管公寓后，拨打了直通意大利罗马的私人电话。

"请找安东尼·贾科梅蒂先生。"他告知接线员。

贾科梅蒂立即接起了电话。

"你联系那家复生公司了吧？"埃普福德问，"有收获吗？"

贾科梅蒂身穿睡袍，一头长发乱糟糟的，目光热切而犀利。他答道："我说，你确定他们持有他吗？真的确定吗？他们东拉西扯的。照我看,要是他们所言不假,确实持有他,那肯定已经定好价了。毕竟他们是生意人,在商言商嘛。"

"他们的确持有他。"埃普福德确认道。他有十足的把握。阅人无数的他仔细评估过赫尔墨斯太太的一言一行,她的话确凿可信。"他们害怕乌迪教徒。"他解释道,"他们担心你是雷·罗伯茨的代理人,所以什么也不肯说。但你得开价呀,多跟他们联系几次,早晚能搭上线的。"

"好吧,埃普福德先生。"贾科梅蒂快快地说,"我会听取你的忠告;你以前帮过我们,我们信赖你。"

"没问题。"他满口应承道,"有任何新消息我就马上转达给你……不涨价。她倒没明确说他已经出土复活了之类,只是提及他们知道他的埋葬地点。这也可能是他们磨磨唧唧的原因——要等他复生之后才能合法销售。"他又补充道,"我再给她打个电话,看能不能套出点儿什么。她像是那种藏不住秘密的人。"

贾科梅蒂气恼地挂断了。

埃普福德正要走开时,听得可视电话又响了。他弯腰拿起听筒,满以为是贾科梅蒂思虑再三又打过来,却发现自己正面对着上司梅韦斯·麦奎尔,小小显屏上的图像正是她的真容。

"又有人来问我雷·罗伯茨和乌迪教派的事。"梅韦斯说着一撇嘴角,满是厌恶之色,"一个年轻女人,叫洛塔·赫尔墨斯的,来图书馆让我们查罗伯茨的资料;我把她关在我办公室,叫了一个焚书官去盯着她。这么看来应该很快了。"

埃普福德问:"您找焚书官议事会核实阿纳奇·皮克埋葬地点的信息了吗?"

"问过了,没有相关记录。"梅韦斯狐疑地狠瞪着他,眼里进出寒光,"这个赫尔墨斯太太说,她今天早些时候和你聊过阿纳奇的事。"

"对。"埃普福德答道,"她跟一位洛杉矶警官一起来的,就在我向你报告完机器人事件之后。他们——就是她丈夫开的那家复生公司——知道阿纳奇埋在哪里,所以,你要想了解具体细节,可以稍微费点儿工夫盘问她。"

"我感觉她知道。"梅韦斯说,"我一直在套她话,但每次一聊到阿纳奇她就想法子绕开。我觉得她应该是不敢讲太多。告诉我,皮克那部毕生大憾《匣中上帝》处理进度如何了? 终版始稿还在吗? 交给焚书官议事会没有? 我知道自己没有经手,要是看过我肯定会有印象的;他总爱显摆那些迂腐的引经据典,真会看猪下料,投其所好。"

"我手里还有四份翻印稿本。"埃普福德一边回忆一边默数,"也就是说还没进入终版始稿阶段。而且,有位职员告诉我,还有几本成形书在某处流通,也许是私人藏书馆。"

"看来它还在一定程度上流通着,理论上仍然有人能够接触到它。"

"没错,运气好能读到。不过四本并不算多,考虑到市面上曾发行过五万多册精装和三十多万册平装。"

梅韦斯问:"你读过吗?"

"我——简短地浏览过。我的看法和您相反,我认为它论证有力,观点新颖,而不是'迂腐的引经据典'。"

"阿纳奇重生后,"梅韦斯说,"他的目标也许是要回归宗教事业——如果躲开了刺杀的话。我有种感觉,他应该挺精明的;《匣中上帝》的字里行间都透着世俗与务实,他可不是空架子谈虚的类型。而且,死后经历也会对他助益良多。我想,他和大多数复生者不同,他会保有那些记忆,至少会宣称自己记得。"她的语调充满了尖酸的讥讽,"阿纳奇重归宗教传道事业的前景,令议事会颇为担忧。他们相当怀疑,我们一刊除《匣中上帝》的最后稿本,他马上就又会站出来发表更多著作……而且我们有种预感,他将来的作品会更激进、更有煽动力、更具破坏性。"

"是,我明白。"埃普福德若有所思地答道,"死后复生的他,当然有资格宣称真正见过彼世:和上帝对过话,见证过审判日之类的——虽然是逆生者爱挂在嘴边的老生常谈,但他的话具有权威,人们会听。"说到这儿,他联想到了雷·罗伯茨,"我知道你和议事会都不喜欢罗伯茨。"他说，"但是，如果你担心阿纳奇重提他的教义——"

"你的逻辑很清晰。"梅韦斯·麦奎尔夸赞道，接着沉思片刻，"那么，好的，我们先从这个赫尔墨斯太太入手，直到问出公墓的名称为止，得到答案就马上转告罗伯茨。至少——"她犹豫了一下，"我会向议事会推荐这个方案；当然，决定是由他们来做。如果他的逆生体已经被从公墓挖走了，那就得把重点放到她丈夫的复生公司上。"

"也可以走合法途径。"埃普福德说，他的立场总是偏向中庸之道，"我们可以从明面上向复生公司出价购买阿纳奇。"当然，他没有提及自己和安东尼·贾科梅蒂之间的联系，那与图书馆的公务并不相干。东尼得抓紧行动了，他暗自思忖，一旦焚书官议事会插手，事情会进展迅速。他好奇贾科梅蒂所代理的金主是否能够——或者愿意——开出比图书馆更高的价码。焚书官和欧洲最强宗教组织之间的对决，想想就挺有意思。

梅韦斯·麦奎尔挂了电话，埃普福德坐下来，拿出智家晚间新闻看了看，发现全是关于雷·罗伯茨巡礼的报道，几乎占据了整个篇幅。其余的，则全是警方严密安保措施的宣传。他觉得无聊，便走进厨房摄食一点儿米共。

正当他享用的时候，可视电话又响了。他放下米共，半吊着裤腰跑回去接电话。

结果又是梅韦斯·麦奎尔。"现在有焚书官守着赫尔墨斯太太。"梅韦斯说,"他们会负责审问她,这事儿不用愁了。他们推断,复生公司如果做过精细的风险测算,那很可能已经把阿纳奇挖出来了,以免失去持有他的机会;他的经济价值太高,不容错失。所以,他们的结论是,我们不必确定公墓的具体位置,只需要接触复生公司即可。议事会现在已经派人过去了,他们想在它今晚打烊之前渗透进去。"她又补上一句,"派去的是我女儿。"

"安?"埃普福德惊讶地问,"为什么不派焚书官去?"

梅韦斯说:"安很擅长和男人打交道,而这次的当事人塞巴斯蒂安·赫尔墨斯先生,是个四十多岁的逆生者。我们感觉这种策略比直截了当的袭击更有效。可以想见,他们把阿纳奇的逆生体从公墓运到复生公司复活后,会立即转移到另一地点——我们无法追查得到的一家私人护理院。"

"明白了。"埃普福德说。他大为感慨,而安·麦奎尔也令他折服;他之前见识过她的手腕,尤其是对付男人方面,正如她母亲所言,凡色诱术一出,则手到擒来。

他有受虐倾向的内心其实一直渴望着,梅韦斯和议事会能派安给自己来一场激荡身心的调教。

在当前案例中,对付已婚的塞巴斯蒂安·赫尔墨斯,安将会效率奇高。她的专长就是第三者插足，并最终逼走原配——或情敌，总之是另一个女人——剩下两人出双入对：她自己和男方。

赫尔墨斯先生艳福不浅啊。他心有不甘地想。接着，他又想到那个怯怯的小人儿赫尔墨斯太太，想到她将受到焚书官的百般诘问，这个念头让他很不舒服。

问讯将使洛塔·赫尔墨斯改头换面。他寻思着她会往哪个方向发展：是坚强起来，还是消沉下去？问讯要么会成就她，要么会毁了她，两者皆有可能。

他希望是前者，他挺喜欢那个女孩。

但他爱莫能助。

9

盖非上帝识万物之表：万物因他所知而具其表，而他所知乃
为其里。

——埃里金纳

乔·廷贝恩警官难以抛开心中忧思。我真是一手好牌打得
稀烂。我毁掉了自己和赫尔墨斯夫妇之间的友谊，而且还害得
她又回图书馆去。不管她接下来遇到什么，我都将背负沉重的
道德包袱，它直直压在我的良心上，直至我返回子宫。

他思索着，很多情况下，如果一个人对某个特定的地点或场
合存在心理障碍，那必然有其合理的缘由。那是一种预感。既
然洛塔那么害怕去图书馆，那她也许有什么隐情。那些焚书官，

他暗忖，神秘的势力；他们是什么人，是干什么的？洛杉矶警署不知道，我也不知道。

他现在待在家里陪贝瑟尔，而她一如既往地甩脸色给他看。

"看你这副食不甘味的模样。"贝瑟尔凶巴巴地说。

"那我去别的地儿出食。"他宣布，"顺便想一个人静静。"

"哦？我影响到你想静静了？她是谁啊？"

他被她的语气刺痛了，便答道："好啊，既然你想知道，我就告诉你。"

"是别的女人。"

"对。"他点头，"一个可以让我去爱的人。"

"你曾经说过，你不会像爱我这样爱任何一个人，你对其他女人都——"

"那是以前。"经年已逝，拌嘴并不能修复一段垂死的婚姻。我为什么要和一个根本不尊重我，也不喜欢我的人结婚——而且一直容忍下去？他自问。那些煎熬的年月，各种指责……在他眼前闪过。他站起身，移开摄食筒。"我差点儿把她害死。"他说，"我得负起责任。"我得带她离开图书馆，他默默告诉自己。

"你现在就要去找她?!"贝瑟尔说，"你老婆我还在这儿呢，你出轨了，竟然连想都没想到要掩饰。我一向信守结婚誓言，可你呢，从来不当回事，如果我们婚姻破裂，那都是因为你不经营这份感情,不负责任! 现在,你要在光天化日之下公然跑去找她。去吧!"

"你好。"他说完,便反手关上身后的公寓门,来到走廊中,快步走向停泊在屋顶的便衣警备车。就这样出门吗？他暗自思忖,不行。他跑回共管公寓门前——发现门锁上了。

"别想回来!"贝瑟尔说,"我要离婚。"隔着沉重的伺服自控门,她的声音依旧清晰,"搞清楚,这里不是你的房子。"

"我只是想拿制服!"他嘶哑地喊道。

没有回应。门依旧紧闭。

警备车里应该放着一把备用钥匙,就在屋顶停车场,于是他又快步冲上楼梯间。她不能阻止我拿制服,他在心里下了定论,那样做是妨碍公务。他来到车上,在杂物箱里一通翻找。啊,混账! 他坐上驾驶座,发动引擎。只要有枪在手……他暗自盘算,从腋下枪套里拔出手枪仔细检查,确认十二个弹仓——除了半弯曲的撞针当前紧抵的那个之外——全都装有子弹,之后便疾速驶上了洛杉矶初入黄昏的天空。

五分钟后,他降落在人民主题图书馆那空无人迹的——或者说,空无一人的屋顶停车场。职业习惯使然,他将手电一一扫过停泊的飞行车。全是焚书官的财产,另有一辆登记在梅韦斯·麦奎尔名下。他心里有数了:要想在图书馆里找到洛塔·赫尔墨斯,他得对付一支至少三人的焚书官小队,以及图书馆馆长。

他迅速来到图书馆的屋顶入口,发现门锁着。也对,他立即反应过来,现在是下班时间。但我知道她在里面,他想,即使这上头没有停她的车,她也许是打车来的,可能她不敢开车。

他从警备车的后备箱里找出解锁器,一把抓起磨损的皮革细带——它服役次数颇多——来到图书馆门前,启动仪器。解锁器探查门锁,接收声波反馈,分析出一套适合锁芯的施力方案;破解成功,门一晃而开,没有半点儿损坏,也没有一丝撬动的痕迹。

他拿着解锁器回到飞行车边,打开后备箱;临放下时,又驻足片刻,注视着他常年带在车上的这件仪器出神;还有什么东西会有用呢?防暴瓦斯?使用它的话,一旦被举报给警署里的上级知道,他会吃不了兜着走。还是用脑波探测设备吧,他暗自做了决定,它可以告诉我附近有多少人,并且绘出行动轨迹,让我了解到有哪些人从哪里包抄过来了。于是他取出脑波探测仪,"啪"地打开,设置在最小测程。扫描显屏上立即显示出五个清晰的圆点,五个工作状态的人类大脑,距离他仅几码之遥,也许就在图书馆顶层。接着,他将探测范围调到最大,现在出现了七个点。也就是说,他需要对付的图书馆官员总共有六人,而剩下的某个点,他想,代表的就是洛塔·赫尔墨斯。

假设她还活着，而且仍在图书馆内。

尽管图书馆的屋顶入口此刻已然洞开，他却没有马上进去，而是回到警备车前排座位坐下，拿起可视电话听筒，拨打了赫尔墨斯魔瓶复生服务公司的号码。此时这个号码清晰地浮现在他脑海。

"赫尔墨魔瓶复生服务公司。"R.C.巴克利接起电话，他的面容闪现在可视电话屏幕上。

"请找洛塔。"廷贝恩说。

"我问一下。"巴克利消失了，很快又重新出现，"塞巴说她还没从图书馆回来。他派洛塔去那儿帮他查资料去了——稍等，塞巴来跟你说。"

紧接着，塞巴斯蒂安·赫尔墨斯的脸庞出现在屏幕上，精明的五官满是忧愁，"没有，她还没回来，我担心死了，越来越后悔，不该让她去，也许我该打个电话到图书馆问问。"

"那样只是浪费时间。"廷贝恩说，"我现在就在图书馆，刚把车停在屋顶上。我基本确定她在里面。图书馆的门锁了，但问题不大；我是开警备车来的，有解锁器；其实，锁都已经解开了。我只是在考虑，要不要给他们一个机会主动放了她。"

"放了她。"塞巴重复道，脸色变得煞白，"听你的意思，她这是被劫持了？"

"据我所知,"他说,"闭馆时他们没有赶她出来。"他在这方面拥有绝对直觉,正是这种近乎灵能的能力让他的从警生涯大放异彩,"她还在里面,被劫持了;如果不是被迫留下,她绝不会在这里多待一秒。"

"我要打电话找他们。"塞巴斯蒂安声音空洞。

"找他们说什么呢?"

"叫他们放我妻子回来!"

"好,"廷贝恩妥协了,"你打吧。"他把警备车电话的分机号给了塞巴斯蒂安,"打完给我回过来,告诉我他们怎么说。"他继续紧盯着脑波探测仪的屏幕;它仍旧显示附近有七个人脑,在轻微移动;屏幕上圆点的位置持续进行着小幅度的变化。"他们会告诉你,她来过,又走了。"他自言自语道,"也有可能会说她根本就没来,他们完全不清楚情况。"Noli me tangere,他默念,这是图书馆对外的标语。警告:人若犯我,虽远必诛。一群混蛋! 他在心里痛骂。

五分钟后,车载可视电话的指示灯闪烁起来,他拿起听筒。"是门卫接的电话。"塞巴斯蒂安倒起了苦水。

"他怎么说?"

"他说馆里就只剩他一个人,其他职员全都回家了,一个也不在。"

廷贝恩不屑道："有七个大活人就在我脚下呢。好的,我下去看个究竟,一有明确结果就给你回电话。"

"我是不是应该叫警察?"塞巴斯蒂安问。

"我就是警察。"廷贝恩说完,挂了电话。

他将脑波探测仪警报电路的自动激活范围设置为五英尺①,然后一手提着沉重的仪器,一手紧握配发的左轮手枪,深一脚浅一脚地快步走向已然洞开的图书馆入口。

不一会儿,他就循着楼梯到了顶层。

各扇房门紧闭。黑暗,寂静,他打开红外手电摸索前行。查看过脑波探测仪屏幕后,他发现七个圆点位于同一水平面,与他垂直距离不足五英尺,而警报尚未触发。他断定对方在下一层。他再次沿着楼梯往下走,一边努力回忆梅韦斯·麦奎尔的私人办公套间位于哪一层。"印象中是在三楼。"他自言自语道。

警报电路亮起,双丝灯泡的垂直灯丝一明一灭。他对楼层判断正确,现在与敌方仅存在水平距离。他注意到这是六楼,传说中焚书官议事会的办公楼层。而这一层的顶灯还未关闭,走廊浸润在昏黄的灯光下,前头是一排紧闭的门。

他缓慢前进,一直紧盯着脑波探测仪的屏幕,不时抬眼看看前方。七个圆点在水平轴上向他靠近,差不多汇成了一点:全都

---

① 英美制长度单位,1英尺合0.304 8米。

聚集在一个办公套间内。

天知道我会招惹什么上身。廷贝恩自嘲地想，也许图书馆方面会施压砸了我的饭碗，他们的势力与市政府深有勾结。"算了，见鬼去吧，"他自言自语，"反正这工作干着也没劲儿。"话说回来，如果他能证明焚书官确实武力扣押了洛塔·赫尔墨斯——且不论这案子的表象如何——如果她愿意给他支持……但是，他寻思，那可能意味着洛塔需要出庭，或者至少签一份投诉状，那她肯定又要临阵脱逃，那些事情对她而言兴许就跟图书馆一样可怕。咳，现在才焦虑这些未免太晚了，他只希望真到那一步时，洛塔能作证，为他这起便衣出警的行为开脱。

此刻，灯泡的水平灯丝亮起，长亮不灭。五英尺距离内有人。面前的办公室门紧闭着，他感觉那人就在门背后，那七人之一。他将耳朵贴到门上，却没听见任何声音。真狡猾，他心说。

他骂骂咧咧地一路快步走回屋顶，来到警备车旁，从后备箱里拿出一台监控工具，吭哧吭哧地搬下楼梯，连同其他装备一起：手枪、手电、脑波探测仪，回到六楼那间明明有人却紧闭房门的办公室。

到得门前，他以迅速而精确的操作，麻利地设置好了监控工具的运行程序。它遵照指令，将塑料探头拉伸得又长又细，直至能从下方门缝穿过，然后，到另一边——可以想见——又将外形变回普通大小,并激活音频及视频捕捉器。

他把监控工具的视频接收端握在手里,又把音频输出端紧紧塞进耳朵。

音频端传出的尖厉声音敲打着他的耳膜。是个男声,他认定它来自某个焚书官。再看视频部件——他仔细分辨着那邮票大小的显屏界面,那里一团灰蒙蒙,隐约泛着光。监控装置尚未对焦,仍在大范围随机扫描。

"……同时,"那焚书官口气阴郁,一如既往地故做语重心长状,"我们对公共安全方面也很关心。本馆一向把'公共安全第一'奉为圭臬。针对危险的、惑乱人心的书面材料,我们要坚决刊除——"说教之声滔滔不绝。廷贝恩再次查看显屏界面:三人坐在一起,一男两女;他顺时针拧了拧近焦旋钮,其中一个女人的脸随之放大,填满小小的屏幕。似乎是洛塔·赫尔墨斯,但图像已变形且模糊,他难以确定。他又操作扫描器,使之定格在另一个女人脸上。他认定,这个绝对是梅韦斯·麦奎尔。他确信自己判断无误。

与此同时,耳塞里传出了她的声音。

"你看不出来这个人有多大的破坏性吗?"梅韦斯吼道,"难道你想不到,他会用精神鸦片腐蚀劳苦民众,煽动更多的暴乱和非暴力抵抗?不仅在黑人自治区,他的影响力还波及我们西海岸的黑人以及支持黑人的白人。别忘了瓦茨、奥克兰和底特律的前车之鉴;别忘了学校老师教给你的历史。"

另一个焚书官开口,嗓音尖锐刺耳,"到那个时候,我们大家也许都会被纳入黑人自治区的统治。"

"我们实际上已经完成了《匣中上帝》的刊除工作。"梅韦斯·麦奎尔接过话,"他最主要的传教手册,或者说是著作——基本上已经被抹除了。永远抹除。三十年前,你还没出生的时候,正是《匣中上帝》煽动大众情绪,促成了黑区的创立。这都是阿纳奇个人一手造成的,要不是他发表相关的演讲、布道、传教手册,黑区永远不会建立,美国的国土将仍旧保持完整统一,我们的祖国不会分裂成三块,或者说四块,算上独立建国的夏威夷和阿拉斯加。"

另一个女人——他推测是洛塔·赫尔墨斯的那位,轻声哭了起来。她以手捂脸,在咄咄逼人的梅韦斯·麦奎尔和焚书官面前缩成一团。对了,廷贝恩想起,还有四个焚书官在附近某处逗留,也许就在隔壁办公室。这是等着对她进行轮番审讯呢,他想。他了解审讯的程序:两人一组定时换班,警署的工作流程也是如此。

"那么,至于雷·罗伯茨,"焚书官严肃地说,"他大概是在世的人当中最了解阿纳奇的了。你认为他会对阿纳奇的复生持什么样的态度呢？在你看来,罗伯茨是会深深为之困扰呢,还是会欣喜若狂?"

"给我们议事会委员一个面子,快回答。"麦奎尔夫人训斥那瑟缩着身子的姑娘,"他问了一个合理的问题。你知道罗伯茨已经近在眼前了,他要来西海岸巡礼,为了平息他的焦虑。他不想看到阿纳奇复生。罗伯茨是个黑人,他来自黑区,是乌迪教派的教宗。"

焚书官乘势追击,"凭借这些,难道你还推测不出阿纳奇复生带来的后果?既然罗伯茨这个黑人,这个乌迪教教宗兼——"

廷贝恩从耳朵里拔出耳塞,放下监控装置的视频部件,丢下一切累赘,只把配发的左轮留在手中。不知道焚书官有没有装备武器,他默想着。在走廊顶灯的光芒笼罩下,他精心设置着配发左轮的指令程序。他考虑了距离、需要击倒的人数,计算保护洛塔·赫尔墨斯的最佳方案,包括到最后要保证他和洛塔能在脱险之后顺利离开图书馆,上楼顶乘警备车离开。

他默默地下了判断:成功的概率大约是十分之一。更可能发生的情况是,我和洛塔双双消失在图书馆里,不再出现。人间蒸发。

不过,他想,就当是我欠她的吧。

他再次调整了武器的控件。不能杀死任何一个人,他意识到,可以想见,身上背着人命绝不可能脱身——即使我带着洛塔逃出去,他们也会追踪截堵,让我们余生不得喘息,直至回到子宫。再说了,他想,我认为他们不会临时起意杀人……至少目前,他们需要通过议事会讨论形成正式决定;如果我对焚书官的了解准确无误,那应该是他们的必要流程。

"好嘞,"他对自己说,"上吧。"

他打开门,说道:"赫尔墨斯太太吗?你可以回家了。"

对面三人呆住了,洛塔、梅韦斯·麦奎尔,还有那瘦得像草秆、长着一张丑陋马脸的高个子焚书官,三人齐刷刷地盯着他,没有发出一点儿声音。

办公室的后门没关,里间的四个焚书官挤在门缝里偷看。一切仿佛停止了。那七人像是被施了定身咒一般,各自中止了活动,保持当前姿势一动不动,而这仅仅是他登场产生的效果:他手里握着一把灰色大手枪,警队配发的巨无霸左轮。他此时的身份是持枪暴徒而非警官,但他熟知持枪谈判的策略,知道如何使用枪支造成威慑。

他向洛塔·赫尔墨斯那塌肩弓背的小身影招招手说道:"过来这边。"她继续望着他发愣。"过来这边。"他重复道,语调保持完全一致,好表现出沉稳的姿态。"我叫你过来,"他命令她,"站到我旁边。"

他等了等，随后，她猛然站起来走向他，站到他身边。没有人上前干涉，甚至没有人出声。

知法犯法还被抓个现行——大多数人在这种情况下都会任人摆布。只要我维持住权威形象，他想，即便是焚书官也摆脱不了本能。

也许吧。

"我见过你。"梅韦斯·麦奎尔说，"你是个警察。"

"不是。"他否认，"我们没见过。"他牵起洛塔的手腕，对她说，"上楼去屋顶停车场，到车上等我。可别上错车了，我的车停在出楼梯口方向的左手边。"见她听话地动身离去，他又嘱咐道，"摸一下引擎盖，发动机还是热的，摸得出来。"

里间办公室的一个焚书官猝不及防地朝他开火，他认出来，对方持有的是非法的霰弹手枪，非常小，只能射出一发霰弹。

子弹没有散开，击中了他的脚。显然这弹药有些年头了，而这枪也可能是头一遭开火；持有它的那个焚书官也许并不懂得如何清洁保养枪支，于是弹药筒击锤根本没碰到弹头内的火药。

廷贝恩迅速还击，胡乱射出九发子弹，扫过两间办公室。他扣紧了配发左轮的扳机，直到子弹在房间之中眼花缭乱地到处反弹，其运行速度足以将人击晕，或者导致轻伤乃至眼盲——他补射了一发，然后跛着脚进入走廊，费尽力气磕磕绊绊地经过走廊前往楼梯。他感到强烈的疼痛与不便，一路咒骂。这样根本抢不出多少时间，他感觉到对方在身后紧追，毫不客气——见鬼，他脑子里绝望地呐喊着，在这种地方中弹可真够要命。

他刚逃到上一层，反手甩上楼梯间门，只听得一发霰弹在身后的走廊里爆开，门上的玻璃板被震碎了，玻璃碴扎进他的脖子、后背和胳膊。他脚步不停，登上台阶。来到楼梯顶部，他站在屋顶制高点朝楼下发射出最后一击，子弹在楼梯井中往返弹射，足以阻止任何不希望眼睛瞎掉的人。之后，他拖着受伤的身体和中弹的脚走向警备车。

他很快与洛塔·赫尔墨斯会合，她却没在车上，而是等在车旁；她仰头无言地凝视他的脸，他为她打开车门，扶她上车。"把门锁死。"说完，他跛着脚来到另一侧，坐上驾驶座，同样锁死了车门。现在，一群焚书官已经追上了屋顶，但行动像一盘散沙，有人在专心瞄准，显然想对着警备车狠开一枪，有人打算驾车尾随，还有人一副准备就此罢休的样子。

他驾车起飞，高度逐渐爬升，油门踩至警署的改装引擎所能达到的极限速度，然后拿起耳麦呼叫分局调度员，"我正在前往大佩拉塔区，请求派一辆车前去停车场支援，以防万一。"

"收到，403。"调度员确认。"301，"他安排道，"去大佩拉塔区协助403。"说完，他又问廷贝恩，"你不是休息吗，403？"

廷贝恩说:"我在回家路上遇到了一点儿麻烦。"脚上阵痛袭来,他忽地感觉很累,疲乏感笼罩了全身。我得休息一个星期,他默默想着,小心翼翼地弯腰去解受伤那只脚的鞋带。唔,给雷·罗伯茨做私人保镖的任务得泡汤了。

见他费劲儿地鼓捣着鞋子,洛塔问道:"你受伤了吗?"

"咱们运气还不赖。"他说,"他们毕竟持有武器,但好在不擅长实战。"他把可视电话听筒递给她,说道,"打公司的号找下你老公;我答应过,一救你出来就马上通知他。"

"我不。"洛塔说。

"咋了?"

洛塔说:"就是他叫我去那里的。"

廷贝恩耸耸肩说:"我想是这样没错。"作为一个伤员,他觉得没必要犯愣到争论这个问题的地步,毕竟表面看上去就是如此。"可我本来也可以直接给你资料。"他说,"我真是坏透了,害得你这样。你要怪他,不如也一起怪我吧。"

"可是你把我救出来了呀。"洛塔说。

这倒也是事实,他得认可这一点。

洛塔伸出手去,忸怩地摸了摸他的脸颊、他的耳朵;她的手指仔细地抚过他的脸,仿佛盲人在认识他的面容。

"这是什么意思?"他问。

洛塔说:"表示感激。你的恩情我会时刻铭记。我没想过他们会放我走。他们好像乐在其中,虽然我知道阿纳奇的消息,但感觉他们只是把它当作——借口。"

"非常有可能。"他喃喃道。

"我爱你。"洛塔说。

他吓了一跳,转头看她;女孩的表情很冷静,几乎没有波澜,像是刚为一件悬而未决的大事拿定了主意。

他自认为明白具体事由。他的欣喜之情漫涌四溢,浑身上下喜气洋洋——人生已然到达了巅峰。

他们继续驱车前往大佩拉塔区,她一直抚摸着他,似乎总也不愿放手。终于,他握住她的手,捏了捏。"振作一点儿。"他说,"你不必再去那里了。"

"不一定。"她说,"万一塞巴又叫我去呢?"

"那就让他滚。"廷贝恩答道。

洛塔说:"我希望你能帮我骂他,我真想让你替我沟通。你很会对付那些焚书官还有麦奎尔夫人,你怎么说他们就怎么做。以前从来没有人给我撑腰,我这辈子都没遇到过,没有人像你那样待我。"

他伸过胳膊搂住她,揽她靠在自己肩上。她此时的模样幸福极了,一副如释重负的样子。天哪,他想:她为我做的无疑是件大事,甚至胜过我为她的付出;她把依赖的对象从塞巴斯蒂安·赫尔墨斯转为了我,而起因仅仅是一次意外。

我得到她了,他意识到,从另一个人手中把她完全夺了过来;我成功了!

10

不考虑本质,仅究其作为万物始源的维度,上帝的三位一体
乃是:存在、智慧、生命。

——埃里金纳

赫尔墨斯魔瓶复生公司的可视电话响了;塞巴斯蒂安推测
是乔·廷贝恩警官的回电,立马接了起来。

屏幕上出现的却不是廷贝恩,而是洛塔的脸。"你还好吗?"
她有气无力地问道,声音中有种异样的虚脱般的萎靡,他还从未
听过她这样说话。

"我很好。"他说。一见到她,他那颗悬在嗓子眼的心顿时就

躺进肚子里了。"我好不好不重要,你怎么样?他把你救出图书馆了吗?想来是的。他们真的起心要扣押你吗?"

"没错。"她说道,仍旧无精打采的。"阿纳奇怎么样了?"她问,"复活了吗?"

塞巴斯蒂安张口想说,我们已经把他挖出来,复活了他,但话到嘴边又止住了;他记起了那通来自意大利的电话。"你具体都向谁走漏了阿纳奇的消息?"他问,"想想你都告诉了谁,我要你把每个人都回忆起来。"

"抱歉惹你生气了。"洛塔的答话像是拿着一张纸在眼前逐字阅读似的,仍旧绵软无力,"第一次去图书馆时,我告诉了乔·廷贝恩,还告诉了埃普福德先生,就他们俩。我打电话来,是想报个平安;我已经离开图书馆了……乔·廷贝恩救我出来的。我们现在在医院,医生要从他脚上取一颗子弹。伤口不严重,但他说很疼。他得休息几周没跑了。塞巴斯蒂安?"

"在的。"他问起她是否也像廷贝恩一样受伤;他感觉心脏激动地咚咚狂跳起来,现在的担心程度丝毫不亚于早先——实际上更甚于前。她的声音中隐隐掺杂着一丝不祥。"告诉我!"他焦急地催促道。

洛塔却说:"塞巴斯蒂安,你没有来接我走,哪怕我没有按照约定回公司和你见面。你一定是太忙了;我猜,你满脑子想的都是阿纳奇。"泪水突然盈满她的眼眶,和寻常一样,她没有费事去擦掉,只是无声地哭泣,像个孩子,也不遮掩那梨花带雨的脸庞。

"该死!"他抓狂地问道,"到底怎么了?"

"我说不出口。"她泪流满面。

"说不出什么? 有什么不能说的? 我马上来医院,是哪家来着? 你在哪儿,洛塔? 该死,别哭了,说话啊!"

"你爱我吗?"

"当然了!"

洛塔说:"我还爱着你,塞巴,但我现在得和你分开,至少一段时间,好好平复一下。"

"你要撇下我去哪儿?"他追问。

她已经止住了哭泣,泪眼迎上他的目光,带着少见的硬气。"我不会说的。我写给你吧,我先想清楚具体怎么组织语言,然后全写到信里面。"她又补上一句,"我没法儿在电话上讲,我觉得好惹眼啊。你好。"

"啊,天哪!"他叹道,不敢相信自己的耳朵。

"你好,塞巴斯蒂安。"说完,洛塔挂掉电话;她那清瘦小脸的影像淡去了。

R.C.巴克利满含歉意地出现在塞巴斯蒂安身边。"抱歉在这种时候打扰你,"他低着嗓子含糊地说道,"前门有人找。"

"咱们打烊了！"塞巴斯蒂安凶巴巴地吼道。

"她是位买家。你说过，哪怕过了下午六点，也千万别拒绝买家上门。那是你的经营之道。"

塞巴斯蒂安哑着嗓子回应，"既然来了顾客，那就好好招呼，你是我们的销售。"

"她指名道姓要找你，不跟其他任何人谈。"

"我真恨不得杀了自己。"塞巴斯蒂安对他说，"图书馆里一定发生了可怕的事情；我也许永远也没办法得知了——她绝对讲不清楚。"洛塔的口才那么糟糕，他想，废话多，正题少，不是说错话，就是搞错人，总会闹出这样那样的风波。"要是有把枪，"他说，"我立马就饮弹自尽。"他掏出手帕擤了擤鼻子，"你也听到洛塔的话了。她对我太失望，离开了我。这位顾客是谁？"

"她说她叫——"R.C.巴克利查看笔记，"安·费舍尔小姐。认识吗？"

"不认识。"塞巴斯蒂安向店面前间走去，出了工作区，进入接待室。这里陈设着相对现代的椅子、地毯与杂志。一张椅子上坐着一个衣着考究的年轻女子，黑发修剪得短短的，发型时髦。他止住脚步，整了整思绪，端详着她。女孩的腿纤细修长，使他无法不注意到。她真正称得上有品位，他想，就连耳环也经过了精心搭配。她的裸妆十分自然，眼部、睫毛、嘴唇的色泽都非常饱满,仿若天生如此。他看见她的眼睛是碧蓝色的,这在黑发女孩中相当少见。

"再见。"她说道,脸笑成了一朵热情的花儿。她的面容异常地富有动感,笑起来时双眼舞动光华,整齐无瑕的牙齿中间探出两颗淘气的小兔牙;他发觉自己深为那两排齐贝皓齿所惊艳。

"我就是塞巴斯蒂安·赫尔墨斯。"他说。

费舍尔小姐丢开杂志,起身说道:"你们的待安置名录里,有一位蒂莉·M.本顿太太。我是在最新的《每日增补》里看到的。"她在亮闪闪的时髦挎包里摸了一通,拿出赫尔墨斯魔瓶复生服务公司在当日智家晚间新闻版投放的副刊广告。这个时尚前卫的年轻女子似乎很有主见……他不禁联想到与之对比鲜明的洛塔,他花了很长时间才逼着自己习惯洛塔的优柔寡断。

"原则上说,"他答复道,"我们今天已经打烊了。本顿太太当然不在这里;我们安排她住进了医院,躺在病床上恢复元气。我们很乐意明天带你过去。你是她亲戚吗?"

"她是我姨奶。"安·费舍尔的语气中带着一丝恼怒,像是时不时就得准备接收复生的老年亲戚,而塞巴偏偏哪壶不开提哪壶。"啊,你能及时听到她的呼喊,真他妈令人开心。"她继续道,"我们经常去公墓里转,盼着听到她的声音,可每次都是——"她做个哭笑不得的鬼脸,"你一懈怠,人就出来,感觉总是这样。"

"正解。"他表示同意。确实存在这个问题。他看看表,现在差不多到米共的时间了,换作平时,他会想回家陪洛塔,可今天洛塔不在。算了,他或多或少也想待在公司附近,静候阿纳奇重生伊始的关键几小时。"我觉得今晚也可以带你去医院看一眼。"他提议道,却被费舍尔小姐回绝了。

"哦,不用;谢谢,算了吧。我很累,今天工作了一整天,你也是。"她伸出光洁的纤纤玉手拍了拍他,同时露出善解人意的笑容,如阳光般灿烂,好像跟他很亲近似的,令他有些受宠若惊,"我只是想确定加利福尼亚州政府没有行使监护权,把她送到那种条件很糟糕的逆生者公共疗养院。我们可以带她走,我们有钱,我哥哥吉姆和我。"费舍尔小姐仔细看看腕表;他看见她手腕上有着淡淡的雀斑,为她增添了一抹诱人的色彩。"我得去摄一点儿米共,"她说,"我快晕倒了。附近有没有好味的出食厅呢?"

"这条街上就有。"他说。他又想到了洛塔,想到空荡荡的家,变故如此突然,他还满脑子懵懂。她和谁在一起?显然是廷贝恩。乔·廷贝恩救出了她,然后——嗯,多半就是廷贝恩,这说得通。他有几分希望是这样。廷贝恩是个好人。想到洛塔和廷贝恩,两个都是年轻人,而且岁数相仿,他觉得自己像个家长;出于某种重口味的心理,他希望他俩能好好的,但首先还是希望她回来。同时……

"我请客。"费舍尔小姐说,"我今天刚发薪水;反正这年头票子贬值得飞快,今天不花掉,明天就一文不值了。你看起来好累的样子。"她细细打量着他,那是他不曾感受过的眼光。洛塔总是在他脸上寻踪觅迹,辨别他是高兴还是生气、爱她还是不爱她;而费舍尔小姐却似乎在评判他本人,而不是揣摩他的感受。他想,就好像她有权力——至少是有能力——判定我究竟是真爷们儿还是在装爷们儿一样。

"行。"话一出口,连他自己也有几分惊讶,"但我得先去把后门关上。"他指了指店里一把相当现代的椅子,"在这里等一会儿,我马上回来。"

"然后咱们可以聊聊蒂莉·M.本顿太太的事。"费舍尔小姐说着,露出赞许的微笑。

他回到店面的工作区,仔细地关上门,以免费舍尔小姐看见里面;自从把阿纳奇带来这里之后,他们都不得不时时警惕,谨小慎微。

"他怎么样了?"他问赛恩医生。工作区临时搭起了一张床,床上躺着阿纳奇,身体干瘦,全身各处均是灰色或黑色的,双眼似乎很茫然地盯着前方。他的表情很满足,赛恩医生也依然显得很愉快。

"身体正在迅速修复。"赛恩医生说。他把塞巴斯蒂安领到一边,将声音压低到阿纳奇听不见的程度,"他要看智家新闻,我就给了他一份,刊有我们广告的晚间版。他一直在看有关雷·罗伯茨的报道。"

"他对罗伯茨评价如何?"塞巴斯蒂安问道,不停地咬着嘴唇,"是怕罗伯茨呢,还是把罗伯茨当作他所称的'朋友'之一?"

赛恩医生答道:"阿纳奇从来没听说过雷·罗伯茨。根据罗伯茨在各种场合披露的公关资料,他是阿纳奇亲手挑选的继任者,但这好像不是事实,除非——"他再度放低声音,耳语道,"可能阿纳奇存在脑损伤,你明白吧。到现在,我已经运行了一段时间的脑电图监测,但没有发现异常之处。可是——那就权且称它为失忆吧,可能是重生的冲击造成的。总之,他现在对乌迪教派有很多疑问,倒不是不了解它的来历——他记得是自己创立的——他是不明白它的宗旨。"

塞巴斯蒂安来到床边,关切道:"您是否有不清楚的信息需要解释?"

那对苍老的棕色眼眸,深藏万千智慧、识人无数的眼眸,锁定了他,"我发现,任何宗教都逃不过一个宿命,我的教派也是一样,成了一具空壳。你赞同这个说法吗?"

塞巴斯蒂安惊了一下,忙说:"我——我自认还没有评判的资格。您的教派拥有大批信徒,仍然是一支中坚力量。"

"那么罗伯茨先生呢?"那苍老的眼中充满热切。

塞巴斯蒂安说:"毁誉参半。"

"他是否认为,乌迪教派同等地接纳白人与有色人种?"

"他——倾向于把它限制在有色人种之中。"

阿纳奇眉头紧锁,他未置一言,表情却不再平静。"如果我再提一个尴尬的问题,"阿纳奇说,"能否麻烦你,不管多么难以启齿,都如实回答我?"

"可以。"塞巴斯蒂安说着,做好了心理准备。

阿纳奇说:"乌迪教派都成马戏团了吧?"

"有些人这么认为。"

"罗伯特先生是否已做出行动,搜寻我的踪迹?"

"有可能。"他模棱两可地答道;这可是爆炸性的信息。

"我复生的事——你通知他了吗?"

"没有。"塞巴斯蒂安说。他顿了顿,又补充道,"一般来讲,逆生者会在医院里待一段时间,在此期间,复生公司会向他们的亲戚朋友征求报价。特殊情况下,如果是公众人物——"

"如果一个人既没有亲戚朋友,又不是公众人物,"阿纳奇说,"就会被再次处死吗?"

"那些人的监护权会移交到政府手上。但是您的这个情况,显然——"

"我想麻烦你叫罗伯茨先生来这儿。"阿纳奇的声音粗哑而干瘪,"既然他要来加利福尼亚州巡礼,想来不会太麻烦。"

塞巴斯蒂安沉思片刻,然后说:"我倾向于让我们来全权处理您的安置事宜。我们是专业的,大人。安置是我们的专长。我认为最好别让雷·罗伯茨来这里,甚至别向他透露任何关于您的消息。他不是我们心目中的最佳买主。"

"能给我个理由吗?"那双饱含智慧的眼睛再次凝视着他,"是乌迪教派不愿出钱吗?"

"不是那回事。"塞巴斯蒂安说着,给赛恩医生打个暗号,医生立即过来了。

"我认为您应该休息了,阿纳奇。"赛恩医生提醒道。

"我稍后再和您聊。"塞巴斯蒂安对阿纳奇说,"我现在要出去用一筒米共,今晚之内一定回来。"他离开阿纳奇,踏出工作区,非常仔细地开门关门;不过,费舍尔小姐只是坐在椅子上,全神贯注地读着书。

"抱歉,让你久等了。"塞巴斯蒂安说。

她抬头望一眼,笑了笑,优雅地滑动双脚起身,面对他站立。她相对较高,非常纤瘦,胸部极其贫瘠;若论身材,她还真像个柔韧的青春期少女。但她的面容却显得成熟,棱角分明,五官立体。他再次默想,这是我见过的衣着最有品味的女人之一。

而他以前从不在意衣装打扮。

摄食完米共后，两人在傍晚的街头漫步，浏览一扇扇商店橱窗，言语不多，各自时不时地暗瞄对方两眼。塞巴斯蒂安·赫尔墨斯遇到了难题。他还想回复生公司，与阿纳奇进一步交谈，但眼下他没法安心回去，除非先撇掉费舍尔小姐。

然而，费舍尔小姐却似乎不愿让步途推进到依惯例可以自然地互道你好的时刻。他心里犯起了嘀咕；时间越来越晚，他感觉越来越诡异。

两人站在一扇橱窗前，欣赏里面陈列的火星沃木材质的家具，费舍尔小姐突然开口道："今天几号了？八号？"

"九号。"塞巴斯蒂安说。

"你结婚没有？"

他迅速思索了一番，这种问题需要仔细权衡后才能作答。"按严格标准来说，"他答道，"洛塔和我已经分开了。"这倒也是实话，按严格标准来判断。

"我之所以这样问，"费舍尔小姐缓缓开启话匣子，"是因为我面临着一个问题。"她叹了口气。

她一直黏着他不走的原因，终于浮出水面了。他斜睨一眼，再次为她的美貌所倾倒，惊觉两人之间的交流竟然如此稀少。

他立刻说道："告诉我吧，也许我能帮上忙。"

"嗯，话说……就在大约九个月前，有一个很可爱的小宝贝，名叫阿诺德·奥克斯纳德·福特。我的意思你明白吧？"

"明白。"他说。

"他真的好可爱哦。"她不禁带上了儿语的腔调，撅起嘴唇，满是母亲般的温柔，"当时他住在医院的那间儿童病房，正在寻找合适的子宫，而我呢，正好在圣贝纳迪诺市做义工，干各种各样的杂活。那些志愿者工作，我真的是干得烦透了，于是我就想：管它那么多，要是像阿诺德·奥克斯纳德·福特这样的可爱小宝贝到我肚子里来，那岂不是美滋滋？"她拍拍平坦的小腹，继续同他一道漫步，"所以我就去找了负责那间病房的护士，问她，我能不能申请孕送阿诺德·奥克斯纳德·福特？她说，可以呀，你看起来挺健康的。我说没错。然后她又说，他时日不多，得赶紧进子宫了——那时候他已经进了保温箱——于是我就签了文件，然后——"她冲着塞巴斯蒂安甜甜一笑，"我就有他了。九个月，他和我的骨肉之亲逐日增加；这是一种奇妙的感觉——你想象不到——有那么一个人儿，你爱他，你感受到他一个分子一个分子地与你融合，那种体验非比寻常。每个月我都按时体检，拍 X 光片，进展一直良好。现在，当然，已经完全结束了。"

"一点儿也看不出来。"他确认道。她腹部毫无隆起的痕迹。

费舍尔小姐叹了口气。"就这样,阿诺德·奥克斯纳德·福特如今已成为我的一部分,他将一直在我的身体里,直到我生命的尽头。和许多做过母亲的人一样,我总爱想,宝宝的灵魂还在这里。"她敲敲垂下乌黑刘海的额头,"我认为是——我觉得他的灵魂迁移到了这里。不过,"她脸上再度流露出怅惘的神情,"怎么说呢——"

"我懂。"他接过话。

"那敢情好。医生说,最晚到11号,我必须舍弃他最后的那点儿组织,交给一个男人。"她摆出一副淫而不邪的假笑,"不管乐不乐意,我都得找个男人上床;这是必要的医学步骤。否则,孕送过程不完全的话,我就再也不能为其他宝宝贡献子宫了。而且——很奇怪,在过去的两周,甚至更早以前,我就已持续感受到那种渴望,那种生理冲动,想睡一个男人,谁都行。"她察言观色般地瞟了瞟他,"这么说是不是太直白了?我不是故意要让你难堪。"

塞巴斯蒂安说:"那样的话,阿诺德·奥克斯纳德·福特也会成为我身体的一部分。"

"你会为此快乐吗?我本来有他的照片,但是,当然,后来都被焚书官收走了。理想状态下,比如说我们是夫妻,你见过他的话,就更容易接受些。不过,我以前的伴侣说我床上功夫不错,所以,大概,你也可以仅仅享受性的美妙,那也值了吧?"

他沉思片刻。这同样需要精确的计算。假如洛塔知道了会作何感受？她会知道吗？应该让她知道吗？像这样被费舍尔小姐完全随缘地选中，感觉怪怪的。但她的话也没错，当胎儿进入子宫九个月后，孕母会变得——欲望强烈。正如费舍尔小姐所说，这是一种生理需求，受精卵必须分离为精子和卵子。

"咱们能去哪儿呢？"他避实就虚地问道。

"去我家吧。"她提议，"环境还不错，而且你可以在那儿过夜；完事之后不会有人赶你走。"

他再次想了想，我得回公司，可是——在这节骨眼上，偏偏又遇到这茬儿。他需要精神激励。刚刚被一个女人——算是名正言顺地——抛弃，马上就有另一个女人投怀送抱，他的自我无限膨胀，已经感受不到其他。

"行。"他说。

安·费舍尔招停了路过的出租车，很快，两人就登上了前往她共管公寓的路途。

她家装修的高雅令他为之惊艳；他在客厅中徜徉，察看这只花瓶、那件挂饰，众多的书籍，以及一小尊李白的玉雕。"真有品位。"他赞赏道，却发现费舍尔小姐不见了踪影；原来她溜进了另一个房间，喀喀，出食去了。

她很快返回,在门口露出一个灿烂而温暖的笑容,欢欣雀跃地朝他的方向靠近。"我有一些上好的进口陈年希顿米共,"说着,她扬起手中的溺瓶,"要来一点儿吗?"

"别了吧。"他拿起一张黑胶唱片,那是贝多芬的大提琴与钢琴奏鸣曲。想想看,他默默思忖,到几个世纪之后的某天,它们也会被刊除。维也纳的图书馆将收回曲谱的终版始稿,贝多芬将满怀心死般的哀恸,以杀人般的力道对照最后一份印刷版亲笔誊抄,各个音符张牙舞爪,不时将纸页戳破。可叹啊,他仔细一想,某一天,贝多芬将迎来重生,将在棺材中焦急地呼喊,却是为了什么呢? 就为了刊除他所谱写的世间最美妙的音乐。多么绝望的命运。

"要不要放进唱机听听?"安·费舍尔问。

"好啊。"他说。

"这几张特别经典。"她播放起最早的那支,《F大调第一大提琴与钢琴奏鸣曲》,两人一起欣赏;但她很快就变得烦躁不安,显然不是能静下心聆听的类型。"依你看,"她在客厅里踱着步,问他,"霍巴特时相最终会落幕吗? 时间会不会回归正常的流向?"

"但愿如此。"他说。

"那你可赚到了。你死过一次,对吧?"

"你看得出来?"他气恼地说。

"无意冒犯,你应该差不多五十岁了吧? 也就是说,在当前情况下,你可以活得更久;算起来,能活上完整的两辈子。你这一生是否比上一世更美满呢?"

"我跟现任妻子有些不和。"他直言不讳。

"她比你小很多吧?"

他没有接话,低头细看一本金星风格皮草装帧的十七世纪英语诗集。"你喜欢亨利·沃恩吗?"他问她。

"就是他写了那首见到永恒的诗吧?'是夜我曾见过永恒'。"

塞巴斯蒂安一边翻开书一边念诵道:"安德鲁·马维尔,《致他羞怯的情人》。'而在身后我时时听闻/时间的飞行战车匆匆驶近/远方那横陈于我们眼前的/是永恒的荒漠,浩瀚无垠。'"他颤抖着合上书,"我见过永恒;它超越时空之外,浪迹于宏伟的万物之间——"话语骤然打住,他仍然觉得讨论自己死后的经历毫无意义。

"我看你是想催我上床吧。"安·费舍尔说,"听听这诗名——我懂你意思了。"

"'偎虫将浅尝你如玉的洁身。'"他吟诵道,微笑着转头面对她。她算是说中了一半,但这首诗不会带给他那方面的遐想。他太熟悉它了——包括字面意义及其描摹的体验,"'坟墓乃宁心清净之地,'"种种感觉顿时如数回归,坟墓的气味,寒冷、逼仄、不祥的黑暗,他抑制不住龇牙咧嘴的表情,"'但我想,它从不接纳任何人。'"

"那咱们快到床上去吧。"费舍尔小姐三句话不离重点,领着他走向卧室。

事后,他们赤身躺着,身上只搭了一层薄毯;安·费舍尔默默呼着烟,红色光点标示着她的存在。他现在感到平静,消沉紧张的情绪已经散去了。

"其实你并没有接触到永恒嘛。"安·费舍尔幽幽地说,似乎深深沉浸在自己的思绪之中,"你只经历了有限时间的死亡。那是多久,十五年?"

"但感受上并没有打折扣。"他没好气地说,"我想要表达的观点,没经历过死亡的人是无法理解的。一旦跳出时空的感知范畴之外,就无法探知时空的边界了;不管等待的时间是长是短,都感觉不到时间流逝。这可能是无限的极乐,也可能是无限的折磨,取决于你和它之间的关系。"

"和什么的关系?上帝?"

"阿纳奇·皮克称之为上帝。"他沉吟道,"这是他复生后的教诲。"说完,他蓦地浑身僵冷——他完完全全、彻彻底底地意识到,自己说漏嘴了。

过了一阵子,安·费舍尔才接过话头:"我记得,他多年之前创立了乌迪教派,一个大型的群体共情教派。没想到他都已经复活了。"

还有什么话好说?他恐惧地想着,那番话不可能有其他解释,它只有一层含义:简单的几个字,揭示出皮克已经复生的事实。而他,塞巴斯蒂安·赫尔墨斯曾当场见证,所以阿纳奇只可能在赫尔墨斯魔瓶复生公司。那么,既然话已出口,倒不如敞开了往下聊。

"我们今天刚复活他。"他一边说,一边揣测着这则信息对她意味着什么。他和她只是萍水相逢,不甚了解,这话可能仅仅是毫无意义的闲聊,也可能引起她神学方面的兴趣,也可能正中她下怀——但他总归是骑虎难下。依概率计算,安·费舍尔的关系网络中,不大可能存在和阿纳奇切身利益相关的人;但是,从现在起,他对她说的每一句话都成了赌运气。"他就在复生公司,所以我不能再在这里陪你了——我答应了他,今晚一定赶回去和他接着聊。"

"我能一起去吗?"安·费舍尔问,"我还从没见过刚复活几个小时的逆生者……我明白,他们脸上普遍会有那种奇特的表情,源自死后的所见,他们仍然沉浸在世人所看不见的宏大场面之中。有时他们会念诵深奥的警句,例如'我即是你',或者其他类似禅宗点化的隐语，对他们而言意义丰富，可对我们——"她在昏暗的夜灯光芒下激烈地舞动双手，显然被这个话题勾起了十足的兴趣，"对我们来说，却只是一通胡话……没错，我同意，得亲身经历之后才能理解。"她一跃跳下床去，光脚跑到衣橱前，拿出内衣内裤，麻利地往身上套。

他也慢慢地穿起了衣服，忽觉苍老而疲惫。

我犯了一个错误。他意识到，现在我绝对摆脱不了她了，她身上有某种致命的特质。我真恨不得逆转那个时间点，收回那句话……他呆呆地望着她穿上安哥拉羊毛衫和紧身铅笔裤，才回过神来继续穿自己的衣服。她聪明又美丽，她知道自己逮到了了不得的消息。他细想着，我已成功向她传达出了非语言信息：这个案例异乎寻常。

天知道她要软磨硬泡到什么地步才会满足。他想。

11

没有文字能确切定义上帝。上帝不可以文字描述，因为他超越了存在。

——埃里金纳

他们搭乘计程车飞越伯班克，前往赫尔墨斯魔瓶复生服务公司。

从外面看起来，店面关着门，漆黑一片，空无一人，全然没有夜生活的气息。仅凭外表判断，很难相信阿纳奇·皮克就躺在里面的临时病床上，谁又能想到，至少还有赛恩医生在照料他。

"好激动啊。"安·费舍尔说道，纤瘦的身体紧紧依偎着他，瑟瑟发抖，"天好冷，咱们快进去吧。我等不及要亲眼看一看，你不知道我真的特别珍惜这个机会。"

"咱们不能待太久。"塞巴斯蒂安说着打开门锁，门一晃而开。面前赫然站着鲍勃·林迪，手持手枪指着他，还眯起一只眼，动作和警觉程度都不逊于猫头鹰。

"是我。"塞巴斯蒂安说，他被吓得不轻，同时又为手下员工如此周全的防备而深感满意，"我带了位朋友。"他关上身后的门，顺手上了锁。

"那把枪好吓人呀。"安·费舍尔声音里透着紧张。

塞巴斯蒂安立即吩咐："收起来，林迪。要是有人硬闯，还真拦得住咋的？"

"说不定呢。"林迪回答道。他率先回到工作区；内门打开，灯光立即倾泻而出。"他的身体健硕多了；谢丽尔一直在记录他的话。"他挑剔地审视着安·费舍尔，谨慎的眼神无比老辣，"她是谁啊？"

"一位客户，"塞巴斯蒂安说，"来协商蒂莉·M.本顿太太的安置事宜。"他走到床边；安·费舍尔跟了过去，呼吸急促。"大人，"他庄重地开口，"我听说，您恢复得很顺利。"

这时，阿纳奇的声音已经有力多了，只听他应道："我有很多话希望能记录下来；你们怎么会没有磁带录音机呢？总之，维尔小姐尽心尽力为我代笔，我真有说不出的感激。当然，我也特别感激你们对我的收容与照顾。"

"您真的是阿纳奇·皮克本人吗？"安·费舍尔问道，声音里充满了崇拜，"我记得在很多很多年以前……您会不会也感觉十分漫长？"

"我只知道，"阿纳奇的话有如梦呓，"我曾有过一个千金不换的机会。上帝在我眼前——以及其他人眼前——展示的一切，连保罗都未允亲见。我一定要把它全数记录下来。"他对塞巴斯蒂安央求道，"你真没办法帮我找台磁带录音机吗，赫尔墨斯先生？我感觉得到自己遗忘的进度……记忆从我的指缝溜走，消融了。"他握紧了拳头，痉挛般地颤抖。

塞巴斯蒂安便对鲍勃·林迪说："应该能想办法弄到一台磁带录音机吧。咱们以前有的，后来怎么不见了？"

"磁带弹出头卡住了，"林迪说，"就拿回卖机器的地方维修去了。"

"都修好几个月了。"谢丽尔·维尔不满地插话。

"嗯，"林迪说，"一直没人能腾出时间去取，最快也得明天早上了。"

"可时间越久就忘得越多，"阿纳奇哀求道，"请帮帮我。"

安·费舍尔开口了："我有磁带录音机，就在共管公寓里头。

不是特别高端——"

"就录几段话，音质差点儿没关系吧。"塞巴斯蒂安当机立断，说道，"可以拜托你去拿过来吗？"

"别忘了拿磁带。"林迪提醒道，"大概需要十二盘七英寸的磁带。"

"我很乐意帮忙，一起成就这项伟大的功绩——"安·费舍尔说道，眼里闪耀着热情的火花。她捏了一把塞巴斯蒂安的胳膊，然后快步跑向店面前间，"待会儿我回来的时候帮我开下门哦！"

"我们需要录音机。"鲍勃·林迪自言自语道，又对塞巴斯蒂安说，"这老家伙语速太快了，谢丽尔根本没法儿逐字转写；他一分钟叨叨的话能有一英里长。"他疑惑地添上一句，"其他复生者都不像他这样唠叨个不停，一般只是叽里呱啦地胡言一通就收场了。"

塞巴斯蒂安说："他想让我们理解他的话。"他揣想着，阿纳奇想做的，正是他当初想做——但又像其他人一样半途而废的事。阿纳奇会极尽口舌之能，反复要求，直到他们把那些话语全部记录下来。在他眼中，这是惊人的执行力。在他目送安·费舍尔出门走上人行道之时，他从她那激动若狂、神采焕发的面容上看出，她也同样受到了深深的触动。

"就半小时。"她对他说完，便匆匆离去了；尖细的鞋跟当当当地踩上人行道。他看见她挥手拦下一辆飞行出租车,才再次关门反锁。

坐在角落里稍事休息的赛恩医生向他搭话,"想不到你会把那个女孩带进这里来。"

"那个女孩,"塞巴斯蒂安说,"九个月前孕送了一个胎儿,今晚拜托我跟她临送交合。她现在是去拿磁带录音机,这事儿完了之后,应该就不会再跟她有任何瓜葛。"

可视电话响了。

塞巴斯蒂安扬了扬眉毛,伸手去拿听筒。说不定是洛塔。"再见。"他满怀希望地接起。

屏幕上显示出一张陌生的男性面孔。"赫尔墨斯先生?"他语速很慢,极其程式化,"我就不自报家门了,因为实无必要。我跟我搭档正在贵公司对门这里,执行监视任务。"

"哦?"塞巴斯蒂安故作漫不经心地说道,"您有何贵干?"

"你进公司的时候,我们拍到了和你同行的姑娘的照片。"那人继续道,"就是刚坐计程车离开那位。我们把照片传到罗马,在档案库里一一查对身份,现在已经拿到了罗马传回的信息。"那人埋头研究手里的纸张,大半张脸都被挡在后面。他出声念道:"她的名字叫安·麦奎尔,是人民主题图书馆馆长的女儿。焚书官经常派她在本区域出外勤。"

"原来如此。"塞巴斯蒂安机械地应答。

"也就是说,他们盯上你了。"那人得出结论,"你得立即把阿纳奇转移到其他地方,趁他们还没编好队、还没发动空中突袭的时候——我是指焚书官。行吗,赫尔墨斯先生?"

"行。"说完,他挂了电话。

赛恩医生立即提议:"要不去我家吧。"

"也许根本就没指望了。"塞巴斯蒂安说。

鲍勃·林迪同样关注着刚才的电话,他开口了:"把这老家伙抬上飞行车,房顶上有三辆呢。先撤走再说——动手啊!"他嗓门越来越大,最后一句是喊出来的。

"交给你们了。"塞巴斯蒂安嗓音粗哑。

赛恩医生和鲍勃·林迪便双双消失在了店铺后间;塞巴斯蒂安木然地站着,听到他们把阿纳奇抬下床,听到阿纳奇高声反对,要求继续口述笔录——最后,听到两人登上了通往屋顶停车场的楼梯。

上方响起飞行车的马达声,之后归于沉寂。

谢丽尔·维尔来到他身旁,"他们仨走了。你觉得——"

"我觉得自己真是个大嘴巴。"塞巴斯蒂安说。

"再说,"谢丽尔补刀,"你的小娇妻还那么惹人爱。"

塞巴斯蒂安没有理会她,讲起了正事,"那个意大利买家,贾科梅蒂，我觉得跟他成交的概率很大。"

"对，你欠他们人情。"

而我刚刚还和她上床。他想，就一个小时以前。怎么会有人那么做，那样出卖自己的身体？"你看得出洛塔为什么离开我了吧。"他说道，感觉自己没用极了，一种从未经历过的挫败感席卷而来。那不是通常的失意，它源于情场，关乎人生，深深触及他作为男人的内心，作为人的内心。

我早晚要再去找那个女的，他告诉自己，要让她吃点儿苦头，让她尝尝厉害。

"你先回家吧。"他对谢丽尔说。

"我正打算走。"她拿起大衣和手包，打开锁，消失在门外的黑夜里。店内再无旁人。

一天之内，我俩就双双落入他们的魔爪。他想，先是洛塔，然后是我。

他在公司里四处搜寻，终于找到林迪留下的枪，便来到前台坐下，盯着门。时间一分一秒过去。我起死回生就是为了这个，他想，为了在有限的世界里制造无限的破坏。他继续等待。

二十分钟后，前门响起敲门声。他站起身，将手枪揣进大衣口袋，迈着僵硬的步子前去应门。

门开了一条缝。"再见。"安·费舍尔气喘吁吁地挤进店面，一手提着磁带录音机,一手抱着一大盒磁带。"要不要拿到后边,到他床那里去?"她问。

"行啊。"他说道,重新在前台坐下。安·费舍尔卖力地搬着录音机和磁带从他身边走过,他也没有上前帮忙,只是坐在那里,像之前一样等待。

没过多久她就回来了;他感觉到她高挑曼妙的身躯立在旁侧,不发一言。

"他不见了。"安终于开口。

"他根本就没来过这儿。都是假的,这是为你好。"他必须临场应变。奇怪的是,他突然感到害怕,懦弱又恐惧。

"我不明白你的意思。"安说。

"我们得到了一条关于你的小道消息。"他说。

"哦?"她的声音忽然尖厉起来,语调有了质的变化,简直像是蜕变新生一般,"是谁打了我什么小报告?"他没有作答。"拜托你告诉我。"安说,"匿名密报——我有权知道。"他还是一言不发。"嗯,"她于是换了策略,"我想,其实你并不需要我的磁带录音机,也不需要我,既然你根本不信任我。"

他头也不抬地说:"你妈今天在图书馆是怎么对我老婆的?"

"没怎么对她啊。"她不动声色地说着,一屁股坐上接待室的椅子,跷起二郎腿,随即摸出一盒烟屁股,点燃一根,吸,呼,吸。

"可是,足以使她离开我。"他说。

"哦,他俩只是怕了,她和那个警察朋友。她离开你,跟我妈做了什么没关系;那警察已经纠缠了她好几个月,要跟她上床。我们也清楚他们的位置,就藏在圣费尔南多一家汽车旅馆里。"

"跟早些时候的你和我一样。"他说。

她未予置评,只是继续呼烟;香烟越烧越长。"那现在怎么搞?"安终于开口,"你运走他,我们找就是。他能去的地方屈指可数。而且,我们派了人追踪开走的那辆飞行车;我推测你就是用那辆车载他走的。"

"阿诺德·奥克斯纳德·福特根本就不存在,"他问,"对吗?"

"也不能说他不存在。那是我前夫的名字,他去年离开了我。"她的声音不痛不痒的,好像婚姻破裂并不重要一样。可能她这种观念也是对的。他想着,起身向她走去。她抬眼问道:"又怎么了?"

"从我店里出去。"他下了逐客令。

"我说,"安从容接招,"聪明一点儿。我们是买家。我们想合法取得刊除他所有思想的资格,仅此而已……不会伤及他的人身安全,也不必伤害他。用枪的是你的警察朋友,还有你那个搞技术的员工。那把枪呢?现在在哪儿?"

"在我手里。"他说,"知道了就赶紧出去吧。"他推开临街的前门，用手扶着门框，等她动身。

安叹了口气，"我看不出是什么阻碍了我们的关系。洛塔跟人跑了；你单身，我也单身。有什么问题呢？我们又没犯法。你老婆就是个怕东怕西的小娃娃，什么都能吓坏她——你太在意她的神经性恐惧了，这是在给自己挖坑；你应该告诉她，不争气就等着憋死吧。是我就会直说。"她点燃另一支烟，"你该找的是你那警察朋友，那个乔·廷贝恩。他睡你老婆，你就不觉得扎心吗？他们俩在乱搞，你却把气撒我身上。"她语调尖细，句句发难却不带情绪，连脸色也不曾变化分毫。只是中立的事实陈述。简直无力招架，他想，我再也承受不住了；她跟之前和我上床时判若两人；谁能像她这样翻脸就变？"我认为，"安说，"你我应当忘记前嫌——争执对我们谁都没有好处，然后——"她耸耸肩，"该怎样还怎样。我们可以保持非常具有互利性的关系，非常健康，非常圆满。哪怕你是个老头。"

他恶狠狠地扇了她一个大耳刮子。

她弯腰捡烟，面色依旧镇定，身体却抖个不停。"你的婚姻已经结束了，"她继续道，"不管你乐不乐意。挥别旧的人生，开启新的——"

"和你？"他说。

"可以啊。我觉得你嘛，马马虎虎，也算挺有魅力的。只要我们能抛开阿纳奇这事儿,那么——"她做个手势,"我觉得没有什么会阻碍我们维持一段互惠互利、互相满足的关系。就这一个问题:因为阿纳奇,你对我十分不信任,甚至有了敌意,但我仍然觉得我们有一个相当不错的开始。就算你打了我,我也可以既往不咎,我觉得你其实不是那种人,你不是暴力分子。"

可视电话响起。

"你不接吗?"安·费舍尔问。

"不接。"他说。

于是安走到可视电话旁边,拿起听筒。"赫尔墨斯魔瓶复生服务公司。"她以专业口吻应道,"现在是非营业时间,欢迎您明早再次来电。"

一个男声说道:"我叫——"塞巴斯蒂安不熟悉那个声音,它飘进他耳朵,又从另一只耳朵飘了出去;他无动于衷地坐着,心口仿佛压了块大石,思绪四处游离。不是洛塔。他想,问题在于,安·费舍尔说得没错,我的婚姻已然终结,因为她有能耐让它终结。她只需要找到洛塔,告诉她,我们上过床。她还会像刚才那样粉饰事实:描述成一段稳定关系的开端。

就一个晚上,他想,这女的不仅害了我下半生,还让我的企业岌岌可危。放到昨天我肯定不会相信。

安·费舍尔转头叫他,"是卡尔·甘特里克斯先生。"

"不认识。"他说。

她伸手捂住电话听筒。"他知道你持有阿纳奇·皮克,专门打电话来谈这事儿呢。我觉得他有购买意向。"她把听筒朝他递了一下。

别无选择了。他起身走过去,接过听筒。"再见。"他声音恹恹的。

"赫尔墨斯先生,"甘特里克斯先生说,"久仰大名。"

"彼此彼此。"

"我谨代表雷·罗伯茨大人联系你,"甘特里克斯说,"并且很高兴告知你,此时,教宗正在前往西美联邦的飞机上,十分钟后将抵达洛杉矶开展巡礼。"

塞巴斯蒂安不发一言,默默听着。

"赫尔墨斯先生,"甘特里克斯说,"我在这个非同寻常的时间打来电话,正是心存一丝侥幸,希望您还在公司。实际上,我猜测您正在加班,忙着复活以及照料阿纳奇;我的猜想是否正确?"

"谁说我们持有阿纳奇?"塞巴斯蒂安反问。

"啊……那可就说来话长了。"可视屏上的甘特里克斯面露诡诈。

"你的线人搞错了吧。"塞巴斯蒂安说。

"不,我可不这么看。"甘特里克斯再次摆出那副看好戏般的假笑,精明而刁滑,像是在戏弄他似的,仿佛掌握了所有底牌,对全局一清二楚。"我本人已经在西美联邦了。"甘特里克斯说,"就在洛杉矶,并将于此地短暂地面见罗伯茨先生。不过,我有充足的时间和你商谈业务,教宗罗伯茨先生指示我,务必交涉好阿纳奇的安置事宜,我也在积极执行。他的报价是多少?"

"四百亿国际币。"塞巴斯蒂安说。

"那倒是相当高。"

"总额四百五十亿,"塞巴斯蒂安改口,"加上销售额提成。"

安·费舍尔站到他后面,俯身说道:"你开价就是个错误。"

"只是漫天要了个价。"塞巴斯蒂安说,"谁都付不起,包括乌迪教派。"

"不一定。"安回答道,"他们可说不准,毕竟要交换的是无价之宝。"

"我马上到贵公司,"甘特里克斯的话音传来,"可能的话,再商量着微调一下价格。"安的判断正确,他似乎并不吃这套缓兵之计。"那么就暂且问候了,赫尔墨斯先生。"

"你好。"塞巴斯蒂安说完,挂掉电话。

"你打了我,心里特别内疚,"安说,"所以现在自暴自弃,借以惩罚自己。"

"可能吧。"他说。但是,那个价格——他无法相信乌迪教派能掏得出那么多钱。"等甘特里克斯到这儿,"他沉吟道,"我再坐地起价。"

"绝对起不了。"安立即回嘴,"你会让步。说到底,你还不确定自己是否仍然持有阿纳奇呢。我认为你最好把这件事交给我管,塞巴斯蒂安。你逊毙了。"

"你什么都想管。"他说。

"这有什么不好? 我智商高,学历高,业务流程方面也有丰富的培训经验。你累了,去后间躺一会儿吧;甘特里克斯到了以后,我去叫你起来,你可以做我的顾问。在这种意志消沉的时刻,你亟须有人来替你扛起责任。我看哪,洛塔可帮不上忙。所以她才会出局。"

他起身离开公司,走向街对面,搜寻罗马方面的盯梢点。他在黑暗的街边站定,挥舞双臂,片刻之后,右边那栋房子里出来了一个人,正是之前打电话来警告他提防安的那位。"我要求助。"塞巴斯蒂安说。

"哪方面呢?"有着典型意大利面孔的黑发男子问道,"对付那个姓麦奎尔的娘们儿?"

"你大概已经看到,刚才我司的飞行车从屋顶上起飞了。"

"对。"那人说,"我们也看到图书馆的班车跟在了后面。"

塞巴斯蒂安说:"我不确定我司是否还持有阿纳奇。"

"我们也在等最后的消息。"那人说,"监控点反馈的信息显示,你们的飞行车好像暂时领先。它的速度超快,你们的司机绝对是专业的。"

那应该是鲍勃·林迪。塞巴斯蒂安想,他摸到方向盘就秒变飞车狂。"你们的消息从哪儿来?"他问那人,"我得确认清楚,因为一位代表雷·罗伯茨的买家马上要来。"

"甘特里克斯。"那人点头道,"我们监听了甘特里克斯打来的视频电话,情况都一清二楚了。你可真敢狮子大开口,那是真实价格吗?还是你用来劝退乌迪教派的花招?"

塞巴斯蒂安说:"我以为他们筹不到那么多钱。"

"是筹不到,至少西美联邦通用的国际币不行。甘特里克斯会千方百计让你接受黑区债券;你知道,那种废纸一文不值。"他又加上一句,"你事先没有说清楚。"

"反正我们都不一定还持有阿纳奇。"塞巴斯蒂安说,"无所谓了。"

"我们一得到消息就可以立即通知你。我们派了一辆自己的车跟在图书馆的车后面,结果应该就快见分晓了。接到我们电话之前,先拖住甘特里克斯。"

"好。"塞巴斯蒂安点头,然后又没头没脑地加了一句,"感谢你一直以来的帮助。"

那人说："你得甩掉那个姓麦奎尔的娘们儿。你控制不了她吗？她是很难缠,公关手腕很专业——但你块头比她大多了。"

"把她扔到街上又有什么好处呢？"他觉得那样做毫无意义,起不到任何效果,"她已经把所有情报都交给了图书馆,也不可能再使什么坏了。"

"她会把你的底牌透给甘特里克斯,那就是她要使的坏。"对方恨铁不成钢地提高了音量,"她会主导谈判磋商,等你反应过来的时候,阿纳奇就已经被她卖掉了,一切结束。"

右侧大楼里又出来一个黑乎乎的人影,罗马财团部署的两个盯梢人交谈起来。

"她在用你们公司的视频电话联系图书馆,"先出来的那人对塞巴斯蒂安说,"向焚书官议事会报告了甘特里克斯的情况,及其计划登门拜访的消息。"

他的同伴头上仍然戴着耳机,即时补充道："她报告图书馆说,她在公司某处放置了炸弹——是伪装成磁带录音机的零件夹带进来的——任由她操控,随时可以远程引爆。"

"那是干啥呢？"先出来那人问他,"要炸谁？她自己吗？"

"她没说。图书馆接电话的焚书官好像心照不宣。等等。"他扶了扶耳机,"她又在打第二个电话。"他沉默片刻,又说,"这次是打给她丈夫。"

"她丈夫。"塞巴斯蒂安重复道。那么，就连那番话也是骗他的。他由衷地对她感到憎恨，深植心底，不共戴天。

"真是很有意思。"过了一阵子，头戴耳机的那人说道，"她叽里哇啦地安排了一整套计划。首先，她要求追踪你妻子赫尔墨斯太太的位置，并进行密切监视。你知道你妻子在哪儿吗，赫尔墨斯先生?"

"不知道。"他说。

"其次，"那人继续道，"她想杀一个叫乔·廷贝恩的人。最后，如果他们能得手，她要焚书官抓走你的妻子，阻止她跟你重逢。安·麦奎尔打算扭着你不放，直到图书馆夺得阿纳奇，然后——"他瞟了眼塞巴斯蒂安，"她说想杀你，因为你对她干了什么好事。什么好事啊，赫尔墨斯先生?"

"扇了她一巴掌。"他说。

"不够狠。"戴耳机的人评论道。

塞巴斯蒂安转身穿过街道，返回复生公司。进门时，他发现安坐得离视频电话远远的，向他投来灵动的微笑。"你去哪里了?"她问，"我看了看，可是外面太黑了，什么也没看见。"

"随便走走，思考问题。"他说。

"那你的决定是什么呢?"

"我正在催自己赶紧决定。"他说。

安劝道："其实你真没什么好决定的。"

"当然有了。"他说，"要怎么对待你，我必须做出决定。"

"我是来帮你的。"安笑脸逢迎，"去躺下休息一会儿吧；甘特里克斯到了我就叫你。还有——"她站起身，摸着他的胳膊，拍了拍，"别这么焦虑。就算阿纳奇的持有权从你手上转移到图书馆手上，那也不是太糟；他们知道该如何处理。假如你仍然持有他——"她顿了顿，心里打着算盘，碧蓝的眼珠中有炽烈光芒闪烁，"接下来跟卡尔·甘特里克斯的谈判，我也能打理得妥妥帖帖。"

他走进店铺后间，在阿纳奇刚刚寝卧过的床上躺下，茫然盯着头顶的天花板。我的整个公司，他想，还有我，一切她都能毁掉，我没有什么是她不能染指并控制的。为什么就阻止不了她呢？他问自己，我现在有枪，完全可以杀了她。

但他的专长是复活而非杀死他人；他的整个定位，以及所有的信条，都围绕交予生命而存在。无差别地援助每个可能复生的人；复生公司掘墓前从不询问逆生者家世，也不过问其复活概率几何。

杀人没有那么容易。他想，普通人可办不到，一定有别的办法。但是，揍她并没有产生任何效果——除了被她列入永久仇敌名单，并决意报复以外。他在心里认定，既然她铁了心要耗在这里,那我觉得肯定没办法把她这人赶走,骂她没有用,威胁人身安全也影响不了她。他默想,炸弹在哪儿? 就在这房间里吗? 天哪,他自忖,我得有所行动,不能干躺在这里,必须做出反击。

前间的可视电话响了。

他腾地跳起来,想着,不能让她接。他快步跑出去,喘着气,跑进接待区;只见她坐在那儿,听筒已经贴到了耳朵上——他一把从她手里夺了过来。

"他们怎么也不肯跟我聊。"安摆出容人的气度,"他们说只跟你谈,让我别管他们是谁。"她加上一句,"我不喜欢他们的语气和腔调;你朋友还真挺怪的,假如他们本性如此的话。"

原来是鲍勃·林迪。"她能听到我声音吗?"林迪问。

"听不到。"他拿起电话和听筒,远远离开她,听筒线都快要抻直了。"接着说。"他吩咐。

"你就不能甩掉她吗?"林迪斥问。

"叫你接着说。"他粗声催道。

林迪便往下讲,"跟踪我们的那辆车,终于给甩开了。对阵真是无比胶着,堪比第一次世界大战。我回环、侧绕,他们也跟着转圈;我飞了好几个英麦曼回旋……终于跟他们反向而行。等他们绕完圈回去,我已经溜掉了。我们刚刚着陆,他还在车里。"

"别跟我说你现在的位置。"塞巴斯蒂安提醒道。

"说个口气，那疯女人还在呢。她一点儿都不怕你，是吧？女人从来不怕她们睡过的男人。但她怕我；我拿枪指着她的时候，从她眼神里看出来了。需要我回来吗？我可以让赛恩照看着阿纳奇，抽身到店里来帮你，我看看，大概四十分钟就到。"

塞巴斯蒂安说："我还是自己搞定吧。多谢。两个小时之后给我回电。你好。"他挂了电话。

安抱起手臂站在窗边，说道："看来你仍然持有阿纳奇。哦哟，哦哟。"

"你怎么知道？"他问。

"因为你叫他别跟你说他现在的位置。"她转身离开窗户，朝他走来，"你想自己搞定什么？"

"你。"塞巴斯蒂安说。

12

我们不知上帝为何……因为他无穷无尽,因此客观上不可知。上帝本尊亦不知自身为何,因为他即是无。

——埃里金纳

两人终于正面对峙。

"我在这公司里藏了一颗炸弹。"安说,"所以,别拿那枪威胁我。就算你把我从这里赶出去,我仍然能引爆炸弹。我可以杀了你,连同卡尔·甘特里克斯一起,那样的话,乌迪教派会把血债记到你头上,拿你妻子是问。他们可是有仇必报的。"

他沉思道:"只要你人还在这里,就不会引爆炸弹,否则你也会丧命。像你这么活跃又积极的人，不可能主动寻死。"

"谢谢。"她笑道，满脸堆起褶子，"夸得我不好意思了。"

前门响起敲门声。

"是甘特里克斯先生。"安说着，朝门口走去，"让他进来可以吗？"她自问自答，"可以的，我觉得，有第三方在，气氛会好一点儿，你也不会嚷嚷各种暴力威胁。"她打开门。

"等等。"他说。

她疑惑地抬头。

"别动洛塔。"他终于让步，"我把阿纳奇让给你。"

她的双眸仿佛被点燃一般，炽烈地闪耀着胜利的光芒。

"但我要求先送她回来。"他说，"先让她的人身回到我的掌控之内，然后我才交出阿纳奇。我不认空口承诺。"对她而言，承诺就是空气。

半掩的门被推开了，一个衣着邋遢，相当憔悴的高个黑人小心地试探道："赫尔墨斯先生？塞巴斯蒂安·赫尔墨斯？"他朝复生公司的前间定睛一看，"很高兴终于和你面对面了，先生。再见，赫尔墨斯先生。"他伸出手，朝塞巴斯蒂安走去。

"稍等一下，甘特里克斯先生。"塞巴斯蒂安招呼道，没有理会他伸出的手，继续和安谈判，"明白我的条件了吗？"他定定地盯着她，努力想看穿她的表情，却无法猜透她心里在想什么，揣测不了她会做何回应。

"看来我打扰二位了。"甘特里克斯语调愉快,"那我先坐会儿——"他大踏步走向一把椅子,"——读读书,等你们聊完。"他瞟了眼腕表,"但我确实和教宗大人雷·罗伯茨有个会晤,就在一小时后。"

安说:"谁都不能'掌控'另一个人的人身。"

"别抠字眼嘲讽我。"塞巴斯蒂安应道,"你清楚我的意思。我只想让她回来,回这里,不是在什么汽车旅馆或者图书馆之类的地方,而是这家复生公司。"

"阿纳奇·皮克是否在公司里呢?"甘特里克斯发话,"两位大哥大姐继续商量的时候,我能不能偷偷去看一眼?"

"他不在公司。"塞巴斯蒂安说,"出于安全目的,我们被迫送走了他。"

"但你们确实拥有合法的监护权吧。"甘特里克斯说。

"对。"塞巴斯蒂安确认道,"我保证。"

安说:"你凭什么觉得我能把洛塔交还给你呢?她是自愿离开的。我不清楚她在哪里,只知道她在圣费——"

"但你们早晚能找到那家汽车旅馆。"他打断她,"你刚才给图书馆打电话,让焚书官继续搜索,非得找到她不可。"

女孩的脸变得煞白。

"两通电话的内容我都一清二楚。"塞巴斯蒂安说,"一次是打给图书馆,一次是打给你丈夫。"

"那是绝对的私人通话。"安沉下脸,满腔义愤——但他注意到,愤怒中也夹杂着害怕。她第一次失控了,怕他了,而且是理性的害怕。知晓那两通电话并了解她真实意图的他,地位已悄然改变;他感觉自己扬眉吐气,安显然也看得出。"我只是心里很烦,"她开口解释,"嘴上过过瘾罢了,没人要杀乔·廷贝恩。你打我的时候,我气得不得了,这辈子从来没人打过我。我说要跟你在一起——"她搜肠刮肚地挑选着词语;他感觉得出,她在筛选各种可能性。"坦白地讲,我想跟你在一起,是因为你很吸引我。我得给我丈夫一个借口,得有合理的说辞。"

"把炸弹拆了。"他说。

"唔。"她做沉思状,再次抱起胳膊,"我不知道,究竟该不该照办呢。"她现在似乎不那么害怕了。

这话吸引了卡尔·甘特里克斯的注意,他又插话道:"炸弹?什么炸弹?"他紧张地站起身。

"把阿纳奇交给我们,"安说,"我就拆了炸弹。"

僵局。

安转头告诉卡尔·甘特里克斯:"我带了炸弹进来,因为之前阿纳奇真在这里。我要杀他。"

甘特里克斯惊恐地瞪着她，"为——为什么？"

"我是图书馆派来的。"安说。她为他的反应感到费解，反问道："雷·罗伯茨难道不想杀阿纳奇吗？"

"啊，天哪，怎么可能！"甘特里克斯说。

霎时间，塞巴斯蒂安和安·费舍尔不约而同地盯着他。

"我教崇敬阿纳奇。"甘特里克斯语气激烈地否认，有些结结巴巴的，"他是我教的圣人——我们独一的圣徒。我们已为他的归来等待数十年。阿纳奇将拥有源自彼世的一切终极智慧，这便是罗伯茨巡礼的整个用意所在：这趟神圣之旅，就是为了要坐在阿纳奇脚边，聆听他的福音。"此刻，他走向安·费舍尔，握紧了手指；她闪身躲开他。"他的福音，"甘特里克斯说，"所有灵魂永恒融合的光辉福音。他的福音至为重要，其余皆不值一晒。"

安的声音顿时虚了，"图书馆——"

"你们焚书官，"甘特里克斯抢过话，他的声音严厉而阴沉，充满了鄙视，"都是暴君。地球上掌握微小权柄的号令官。你们想干什么？要刊除他带回世间的福音吗？"他转向塞巴斯蒂安，"你刚才说，阿纳奇的人身安全现在有所保证？"

"对。"塞巴斯蒂安答道，"他们企图夺走他；事实上差点儿就得手了。"莫非他对罗伯茨的推测有误？这是真的吗？他有一种反常而诡异的不真实感，仿佛卡尔·甘特里克斯并非真正在这里，并没有真实地说任何话；甘特里克斯的话语，他的惊骇与盛怒，他毫不掩饰地表达对图书馆的憎恶，一切都像是梦。不过，他想，如果是真的，那交易倒可以继续，我们可以向前推进，将阿纳奇交付给他。情况完全反转了。

卡尔·甘特里克斯问塞巴斯蒂安，"她手上有没有炸弹的引爆器？"

"图书馆可以引爆炸弹。"安声音粗哑。

"不对。"塞巴斯蒂安说，"就在她手上。"他转头与安对质，"那可是你在打给图书馆的电话里亲口说的。"

"你认为她会舍生取义吗？"甘特里克斯问他。

"不会。"塞巴斯蒂安说，"我比较肯定，她打算在爆炸前先躲出去。"

甘特里克斯便说："那我们可以采用这种办法：我制住她双臂，你搜引爆器。"他一把抓住女孩，力道坚如钢铁。这也太强硬了吧。塞巴斯蒂安想着，他注意到对方的动作，立时明白了甘特里克斯带给他的不真实感源自何处，它是个远程操控的机器人。

难怪"甘特里克斯"一点儿也不怕炸弹，因为它——或者说，它的操控者——知道阿纳奇不在公司，暂时安全。会死的只有我，塞巴斯蒂安意识到，我和安·费舍尔·麦奎尔。

"我建议你尽快搜身。"机器人的话掷地有声，透着威严。

塞巴斯蒂安说:"安妮,别引爆炸弹。这是为你自己好。那样做达不到任何目的,它不是人——只是个机器人。乌迪教派不会因为损失一个机器人而寻仇。"

"此话当真?"她问"甘特里克斯"。

"没错。"它说,"我是小卡尔。赫尔墨斯先生,请从她身上移除引爆设备。我们有业务要谈,而且我的时间只剩不到一个小时了。"

搜索十五分钟后,他在她手包里找到了装置。多亏机器人牢牢钳住那姑娘的手,她没有机会靠近它,他们从未真正陷于危险中。

"现在它到你手上了。"安说,仍旧强作冷静,"但我对图书馆的指令依然有效。关于乔·廷贝恩的,还有你妻子的。"现在,机器人放开了她,她轻蔑地与他对视。

"还有关于我的吧?"塞巴斯蒂安问,"你缠着我,拖住我,就为了——"

"对,没错,完全正确。"她边说边摩挲胳膊,然后把头发往脑后一抹,轻抚两下,用力地摇了摇头。"我认为它在撒谎。"她朝小卡尔做个隐秘的手势,动作极快,"如果你把阿纳奇交给它,你只会换得一摞不值钱的黑区国际币;过不了几周,他们会宣布阿纳奇病重,然后他就会消失,死得悄无声息。刚刚它来之前,你跟我谈过交换条件；现在我接受，让洛塔回到你身边——按照你摆明的要求，让她的人身回到这家复生公司。同时，我们接收阿纳奇。"她打量着他，等待他的答案。

他回答："可是，如果让乌迪教派得到阿纳奇——"

"啊，可以想见，不管给哪方，你都有可能和洛塔重逢。我不是威胁你，只是向你提供一个完全的保证。"安似乎再度镇定下来，控制住了自己，"我们会调用图书馆资源，劝说她离开乔·廷贝恩，回到你身边。我们绝不胁迫她，只会让她认识到你对她有多么关心，为她放弃了多少。你愿意放弃四百五十亿国际币换取她回来，她能理解的……有些焚书官尤为擅长条分缕析地解释复杂问题。"

"我带你去个别的地方，把交易谈妥。"塞巴斯蒂安对机器人小卡尔说道，然后抓住安·费舍尔的胳膊，拽着她飞快地一步跨出公司，来到人行道上。机器人小卡尔默默跟在后面。

他锁上复生公司的门，安在一旁骂道："你这个满脑袋食物的蠢货，白痴，智障，满脑袋都是食物！"她尖厉的声音划破夜空，他和小卡尔则抬脚走向摇摇晃晃的室外楼梯，前往屋顶停车场乘车。

"我们和图书馆一向针锋相对。"两人走上原色木质台阶，小卡尔开口道，"他们想刊除阿纳奇最新的教诲，想要抹消他带回世间的一切超验教义的踪迹。我料想,他已经带回诸多神谕了,是这样吧,赫尔墨斯先生? 他至今的口授是否表明其源自大量的深度宗教体验?"

"正是如此。"塞巴斯蒂安说,"自从我们复活他那一刻起,他就不停地对着视野中的每个人传教布道。"

两人来到他停泊的车旁,他解开门锁,机器人上了车。

"图书馆对你妻子能影响到什么程度?"汽车冲上夜空,小卡尔问道,"跟那女孩声称的一样吗?"

"我不知道。"塞巴斯蒂安说。他猜测着乔·廷贝恩能给予洛塔怎样的保护,当他俩仍然在一起的时候。也许保护得相当好,他得出结论,毕竟原本就是乔·廷贝恩把她救出了图书馆……因此,有理由指望他保护她不被拖回去。老实讲,图书馆会有多么不依不饶呢? 说到底这只是个枝节问题,是安·费舍尔的私人恩怨罢了,不涉及图书馆政策的基本方面。

况且,宣布政策的似乎是焚书官议事会而非安。

"她只是在威胁恐吓而已。"他向机器人说出自己的想法,"一个权本位的女人总爱暗示暴力手段,除非你按她说的去做。"他想起洛塔,她是那么不同,要让她利用恐吓及暗示武力手段来得到想要的东西,可能性是多么微乎其微。

有那样一位妻子，我很幸运。他想，或者说曾经很幸运。不论结局如何，愿能得上帝相助。

"如果图书馆的人伤害你妻子，"坐在旁边的机器人说道，"你大概也会私下报复那个女孩吧。我的想法是对是错？请选择其一。"

塞巴斯蒂安从喉咙里挤出几个字："你说得对。"

"那姑娘肯定也意识到了，可能会收敛一点儿。"

"有可能。"他表示同意。其实我只是硬撑面子罢了，他想，安·费舍尔绝对清楚，我动不了她分毫。"咱们聊聊其他话题吧。"他不敢继续往那个方向深入思考下去，便对机器人说，"我打算带你去我住的共管公寓。阿纳奇不在那儿，但我们可以在那里商定价格和监护权交接方式。我们有一套标准操作流程，我觉得没有理由不在这起交易中应用。"

"我们信任你。"机器人和悦地说，"但是，当然，我们要求付款前必须见到阿纳奇本人，以确保你实际拥有他，而且他还活着。我们希望先和他简单聊聊。"

"不行。"塞巴斯蒂安说，"你们可以看他，但不能和他说话。"

"为什么？"机器人狐疑地凝视着他。

"阿纳奇的言语不属于销售要素。"塞巴斯蒂安解释道，"这是惯例，复生公司业务的开展不以此项为基本前提。"

机器人稍一迟疑,然后做出答复,"也就是说,我们只能听你的一面之词,相信阿纳奇带回了有价值的教诲。"

"正确。"他表示同意。

"关于你的要价——"

"一口价。"塞巴斯蒂安说。他在业务收支方面一向精明,从不让步。

机器人继续道:"那我们将以本币支付,黑人自治区发行的货币。"

正如安·费舍尔所警告的那样。塞巴斯蒂安想着,心头掠过一阵寒意。她在这桩事上倒说了真话。而且罗马方面——他们也警告过我。"按西美联邦货币结算。"他说。

"我们只用本币交易。"机器人的语调平稳,不容反驳,"我无权以其他币种开展谈判。假如你坚持要用西美联邦货币结算,请让我下车。我得向教宗大人罗伯茨先生报告,你我双方协商失败。"

"那阿纳奇就得归人民主题图书馆了。"塞巴斯蒂安说。这样的话,他想,我还能把妻子换回来。

"那样将违背他的心意。"小卡尔说。

的确如此。塞巴斯蒂安意识到了,却仍旧嘴硬,"但最终还是由我司决策;此类案例中,我司依法享有决定权。"

"在世界史上，"机器人争辩道，"这种情况没有先例。"说完，它又匆忙更正，"就只发生过一次。但那是在很久以前了。"

"你有办法帮我夺回妻子吗？"塞巴斯蒂安提出要求，"乌迪教派不是有突击部队执行特别行动之类的吗？"

"力量之子只为复仇而存在。"机器人无动于衷地答道，"何况我们在西美联邦的势力原本也不强。在主场就不一样了。"

洛塔啊，他思忖，你还属于我吗？你是否已被图书馆的人夺去了？

然而，奇怪的是，他发觉自己在想她——不是妻子，而是安·费舍尔。他脑海里回放着早些时候两人一同在傍晚逛街的画面，以及床上激情欢愉的时刻。我不应该记住这些，他意识到，都是假的，她只是在执行任务。

不可否认，与她相处的时光曾一度美妙，直到权势上场，高雅的柔软外壳褪去，露出钢铁内核。

"真是美女，那图书馆特工。"机器人哪壶不开提哪壶。

"人美心恶。"他沙哑地说。

"不是向来如此吗？被表象迷惑就会露出破绽。我个人觉得，她就是典型的图书馆人员，又美又毒。你决定好没？让我下车还是接受自治区货币？"

"我接受。"他说。其实都无所谓了，从大局考虑，现在提什么商务流程根本毫无意义,哪怕他已经坚守了这么多年。

也许我能通过警署无线电系统联系到乔·廷贝恩。他寻思,警告他一句,就足够了,只要乔·廷贝恩知道图书馆在追杀他,剩余部分他自会应对⋯⋯能保护好自己和洛塔。这才是最重要的,不是吗?她是否回到我身边都无妨。

他拿起车载可视电话的听筒,拨打乔·廷贝恩所在辖区的分局号码。"我想找廷贝恩警官。"接通后,他告诉警署总机接线员,"他现在不当班,但我有急事找他,这威胁到他的个人安全。"

"请登记姓名,先生。"警署接线员走起了流程。

狗食,塞巴斯蒂安想,亮明身份的话,乔一定会觉得我在追着他讨要洛塔,不会理睬我的电话。也就是说,我无法联系到他,至少警署这条路行不通。"请转告他,"他对接线员说,"图书馆特工已出动追杀他。他能明白的。"他挂了电话,愁闷地担忧着这条信息究竟能否传达到位。

"他就是你妻子的情夫?"机器人问。

塞巴斯蒂安无声地点了个头。

"你对他的关心符合基督教最高道义。"机器人称赞道,"值得嘉许。"

塞巴斯蒂安含糊地应道:"这是我在两天之内第二次精打细算地冒险了。"在阿纳奇重生之前掘尸,风险就够大了;现在他又赌图书馆不会出手剿杀廷贝恩和洛塔。他感觉很难受：完全不具备相应的心理素质，却要一次接一次地铤而走险。"换了他也会这么帮我的。"他说。

"他结婚了吗？"机器人问，"既然他跟你太太搞在一起，要是已婚的话，也许你也可以去找他老婆偷情。"

"我对别人不感兴趣，只爱洛塔。"

"你不也在那图书馆美女身上找到了刺激，即使她威胁你。"机器人一副无所不知的调调，"我们要求在她回来找你之前移交阿纳奇。我是远程操控人，刚和教宗大人雷·罗伯茨通话并收到指示，今晚必须取得监护权。我与教宗大人的会晤取消了，专程跟着你。"

塞巴斯蒂安说："你觉得我对安·费舍尔就那么没有招架之力吗？"

"是教宗大人这么认为。"

假如教宗的判断真应验了，我也没什么好惊讶的吧。塞巴斯蒂安快快地想。

他给共管公寓的电话开启了呼叫转移，鲍勃·林迪打回复生公司的电话将转接过来，他只需等待即可。趁此机会，他取出珍藏的超特级供应，摄入了大量的上等米共，准备借此补充体力，焕发精神。

"真是伤风败俗。"机器人一边说着,一边观察他,"霍巴特时相之前,绝不会有人当着另一个人的面袒露下体。"

"你只是个机器人啊。"他说。

"但是有一个人类操控者在时刻监视我的传感装置。"

可视电话响起。这么快?他想着,瞟了眼手表。"再见。"他紧张地抓起听筒说道。

屏幕上显出人像。不是鲍勃·林迪,他面对的是有购买意向的罗马方面谈判代表,安东尼·贾科梅蒂。"我们跟踪你到了共管公寓。"贾科梅蒂说,"赫尔墨斯,你欠我们一个大人情,要不是我们盯梢,费舍尔小姐早就一发炸弹把阿纳奇炸飞了。"

"我明白。"他说。

"同时,"贾科梅蒂继续道,"你也不可能得知她在贵司拨出的两通电话的内容。所以,要不是我们,你妻子可能就没命了,你也是。"

他又重复一遍:"我明白。"罗马买主说动了他。"你想让我做什么?"他问。

"我们想要阿纳奇。我们知道,他跟贵司的技工鲍勃·林迪在一块儿。林迪联系你的时候,我们追踪了信号源,了解到他和阿纳奇身在何处。只要我们有意,完全可以武力夺走阿纳奇,但那不符合我们传统所推崇的做派。这宗交易必须在遵守伦理道德的基础上正大光明地达成;罗马既不是人民主题图书馆,也不是乌迪教派——在任何情况下,我们都不会像他们那样行事。明白吗?"

"明白。"他点头。

贾科梅蒂说:"因此,从道义上讲,你必须选择与我方而非卡尔·甘特里克斯进行交易。我们现在派买主去你共管公寓商讨移交手续可以吗? 十分钟就能到。"

"你们的行事方法效果良好。"他让步了。他还能做什么呢? 贾科梅蒂所言不假。"把你方买主送过来吧。"说完,他挂断了电话。

机器人小卡尔关注着这番对话,听出了己方的失利。但奇怪的是,它丝毫没有表现出慌乱。

"要不是他们介入,"塞巴斯蒂安告诉它,"你们要的阿纳奇早就死了——"

"你忘了,"机器人耐心解释道,好像对方是个天真的傻孩子,"对阿纳奇的安置取决于他本人的倾向。那是道德义务的约束。你只能这样解决:搁置协商,直到贵司技工打进电话来,再询问阿纳奇希望由谁安置。"它自信地断言,"我们很肯定,他一定会选我们。"

"贾科梅蒂不见得会同意。"塞巴斯蒂安说。

机器人应道："决定权又不在他手上。好嘞,罗马人准备从伦理角度解决这件事,我们很高兴。他们想不到,我们的伦理基础比他们高尚。"它爽朗一笑。

宗教领域,塞巴斯蒂安疲惫地想着,比普通商贸有更多门道,角度也更加繁多。诡辩完全超出他的能力范畴,他放弃了。"贾科梅蒂的买主到了以后,就让你来解释吧。"他说着,又摄食了十盎司①米共,算是给自己打气。

"罗马方面拥有比我们多出几百年的谈判经验。"机器人分析,"他们派来的买主一定很精明。俗话说,'罗马好辩才,管坑又管埋',我恳求你千万别被他们带进坑里去了。"

"他到以后你直接跟他谈。"塞巴斯蒂安话音里透着疲乏,"把你跟我解释的话再给他解释一遍。"

"乐意效劳。"

"你觉得能辩赢他吗?"

机器人答道："上帝站在我们这边。"

"你就准备这样跟他说?"

机器人沉思片刻,定下方针,"他会援引教皇继任为论据,而我相信,自由意志是最佳论纲。民法规定,复生个体是复生该人

---

① 英美制质量或重量单位,1盎司合28.349 5克。

的公司所持的动产,但这与神学要旨相悖;无论复生者还是非复生者,都不可作为财产被持有,因为人人皆有灵魂。所以,我会首先立论,复生的阿纳奇拥有灵魂,引导罗马买主承认这个事实,然后以此为前提推论出,只有阿纳奇本人能够安置自己,这便是我们的立场。"它再度沉思良久,终于宣布,"教宗大人罗伯茨先生赞同这条思路。我和他保持着联系,假如罗马买主将我驳倒——虽然这不大可能——那么罗伯茨先生本人将代替我(卡尔·甘特里克斯)操控小卡尔,机器人将变成小雷。现在你明白了吧,我们从一开始就为每一步进展做好了准备;教宗大人罗伯茨先生专程为此造访西海岸,他绝不会空手而归。"

"也不知道安·费舍尔正在干什么。"塞巴斯蒂安寻思道。

"图书馆不再是考虑因素之一了。最佳买主之争只剩下两方对抗:我教和罗马。"

"她不会放弃的。"让她退出,绝不可能。他走向客厅的窗边,凝视下方黑暗的街道。他常常和洛塔一起眺望窗外;共管公寓里的一切,每样物件,每个立足点,都叫他睹物思人。

客厅门口传来敲门声。

"让他进来。"塞巴斯蒂安对机器人说。他一屁股坐下,从烟灰缸里拿起一截烟头点燃,准备忍受即将到来的唇枪舌剑。

"再见,赫尔墨斯先生。"安东尼·贾科梅蒂寒暄着进了门;他竟然亲自来了……而其背后的缘由同样促使卡尔·甘特里克斯亮出了主人。"再见,甘特里克斯。"他板着脸招呼机器人。

"赫尔墨斯先生委托我来通知你他所采取的立场。"机器人宣布道,"他很累,也很担心他的妻子——所以没有意愿亲自商谈此事。"

贾科梅蒂没搭理机器人,而是质问塞巴斯蒂安:"这是什么意思?我们在电话里不是谈好了吗?"

"在那之后,"机器人说,"我告知了他,只有阿纳奇本人可以承诺交接。"

"斯科特诉泰勒案,"贾科梅蒂说,"这是两年前康特拉科斯塔县最高法院的判例,庭审由温斯洛法官主持。复生者的安置选择权属于复生该人的公司法人代表,不是销售人员,不是复生者本人,也不是——"

"然而,"机器人打断他,"我们当前面临的是宗教问题,而非司法问题。民法中的复生者条款已经过时两百年了。你们罗马方面自己也认可复生者拥有灵魂,最高傅油礼程序已经证实,当复生者受了重伤或者——"

"复生公司安置的不是灵魂,而是灵魂的容具:身体。"

"反对。"机器人提出异议,"一名死者,在灵魂尚未回归并赋予其新生之前,不得由复生公司掘出。对于单纯的肉体尸身,复生公司无权安置或者——"

"阿纳奇在复生之前就被非法掘出了。"贾科梅蒂说,"赫尔墨斯魔瓶复生服务公司触犯了法律。依照民法,该公司不具有阿纳奇的实际监护权。约翰逊诉斯科拉格斯案,去年加州最高法院的判例。"

"那到底谁持有阿纳奇呢?"机器人困惑地发问。

"你刚才不是宣称,"贾科梅蒂目光灼灼地说道,"这不是司法问题,而是宗教问题吗?"

"这当然是司法问题! 我们需要首先确定合法监护权的归属,才能开展竞拍。"

"也就是说你承认,"贾科梅蒂平静拆招,"斯科特诉泰勒案是本交易的判例。"

机器人沉默了。随后它重新上线,声音里有种微妙但难以忽略的变化,更加深沉,更具权威。塞巴斯蒂安判断,现在是教宗大人罗伯茨先生在操控它;卡尔·甘特里克斯陷入了罗马方面雄辩的泥沼,因而暂且告退。"倘若赫尔墨斯魔瓶复生服务公司不持有复生的阿纳奇·皮克,"它宣称,"那么依据法律,阿纳奇处于无主状态,他所拥有的法律地位等同于罕见的独力复生者,即成功自己打开棺材、扒开泥土、未经外界协助自行爬出地面的复生者。此种情形下,他本人即视作其监护人,他本人的意见即视为决定安置的独一因素。因此,我乌迪教派仍然主张,作为无主的复生者,阿纳奇本人即可合法安置自己,而我教当前正在等候他的决定。"

"你确定贵司过早挖出了阿纳奇吗?"贾科梅蒂谨慎地询问塞巴斯蒂安,"你真的承认贵司非法作业吗?这意味着高额罚款,我建议你否认此举。假如你坚称不改,我们将向洛杉矶县区检察院举报。"

塞巴斯蒂安木然道:"我——否认我司提前掘出了阿纳奇,再说也没人能举证。"对此他相当自信,在场的只有本公司雇员,他们绝不会作证。

"真正的核心仍然是宗教问题。"机器人说,"我们必须确定并达成统一认识:灵魂进入地下尸体的准确时刻,究竟是被掘出的时刻,还是第一声求助从地底传出的时刻?抑或是第一次心跳被记录的时刻,或者脑组织完全修复的时刻?在乌迪教派的观念里,当人体组织完全新生,灵魂即进入尸体,恰恰先于第一下心跳。"它转而问塞巴斯蒂安,"在你掘出阿纳奇之前,先生,是否探测到心跳?"

"有。"塞巴斯蒂安说,"不规则,但已经存在。"

"那么当阿纳奇被挖起来时,"机器人一副志得意满的样子,"他已是活人,有灵魂,因此——"

可视电话响起。

"再见。"塞巴斯蒂安拿起听筒应道。

这次屏幕上呈现的是鲍勃·林迪那沧桑的面容和紧拧的五官。"他们把他抢走了。"他说道,五指颤抖着耙过头发,"图书馆特工。就这样。"

"你俩的神学辩论可以歇歇了。"塞巴斯蒂安对机器人和贾科梅蒂说道。

其实没有提醒的必要,争辩已经结束。

吵闹了这么久,共管公寓的客厅第一次陷入死寂。

13

人乃是动物界的一员,但人类作为一个物种,理性是其特质,欢笑是其财富。

——波伊提乌

狭小的酒店房间里,乔·廷贝恩警官懒洋洋地躺在一个抬眼就能看见窗外的位置,以备任何不速之客驾到:妻子贝瑟尔、塞巴斯蒂安·赫尔墨斯、图书馆突击队——他得随时准备好迎击他们。任意人数及组合形式都不会令他惊讶。

与此同时,他读着最新一期《芝加哥星期一先驱报》,北美最擅长"震惊体"的智家新闻。

男子酒后食子

"你永远不知道生活会怎样在眼前展开,"他对洛塔说,"不管是新生儿或是逆生儿——我打赌这小家伙也从未想过自己会落得这个下场,还登上《芝加哥星期一先驱报》的头条。"

"真不明白这种新闻你怎么读得下去。"洛塔慌里慌张地应道;她坐在房间另一头的椅子上,梳理长长的黑发。

"唔,身为治安官员,这种事我见得多了,虽然不一定有这么凶残——这个,当爹的吃亲生骨肉,非常罕见。"他翻过这一页,细看二版头条。

加利福尼亚州图书馆
杀人绑架　私律私刑无人追责

"我的天,"廷贝恩说,"这则报道写的可能是我们;这篇文章涉及人民主题图书馆,讲到他们对你的所作所为——把你劫作人质。"他饶有兴趣地读起文章。

有多少洛杉矶市民曾消失在这块禁地的冷峻灰墙背后? 公

共当局没有给出官方估数,但据民间猜测,不明失踪案发生频率高达每月三起。图书馆的动机不甚明确,人们相信,背后原因颇为复杂。他们渴望预先刊除著作……

"我不信。"廷贝恩说,"他们不可能逍遥法外。就拿我来举例,如果我出了什么事,我的上级乔治·戈尔一定会积极营救。进一步讲,假如我死了,他会替我报仇。"想到戈尔,他记起雷·罗伯茨现在随时可能抵达,戈尔或许正在拼命联系他,召他去执行特种保镖任务。"我最好打个电话,"他对洛塔说,"我完全忘了这茬儿。"

他便用旅馆公寓的可视电话联系戈尔。

"我们收到一条给您的匿名留言,"他表明身份后,警署总机接线员告诉他,"说是图书馆特工已出动追杀您。您明白这是什么意思吗?"

"见鬼,我明白。"廷贝恩说。他转头告诉洛塔:"图书馆特工正在搜寻咱俩。"然后又回复警署接线员,"请转接戈尔先生。"

"戈尔先生正在洛杉矶机场,指挥雷·罗伯茨的安保布置。"接线员说。

"戈尔先生归队后,麻烦你转告他,"廷贝恩说,"如果我出了事,肯定是图书馆干的;要是我失踪了,去图书馆找我。特别是,万一我死了,绝对是他们动的手。"他挂了电话,感觉无比消沉。

"你觉得他们会发现我们在这里吗?"洛塔问。

"不会。"他说。他思考了一会儿,然后在旅馆房间的梳妆台抽屉里一通翻找,终于找出电话簿;他烦躁地翻开,总算查到了道格拉斯·埃普福德的住宅电话号码;以前他打过几次,发现埃普福德大部分情况都在家。

此时,他拨了那个号码。

"再见。"埃普福德的声音立即响起,肖像出现在屏幕上。

"抱歉打扰你休息。"廷贝恩说,"我急需你私人帮我个忙。你能联系到你上司麦奎尔夫人吗?"

"或许能,"埃普福德说,"在紧急状况下。"

"我认为这就是紧急状况。"廷贝恩说。他对图书馆员解释了自己所知的情况。"听懂了吧?"他总结道,"我的处境真的挺艰难;他们的确有理由对我持有恶意。假如他们确实追到我所在的地方,会有人没命的,而且没命的大概率是他们。我和洛杉矶警署有联系,一旦陷入麻烦,能得到增援。我的上级戈尔,他了解我的境遇,也表示同情。他们派了警备车——至少一辆——在附近盘旋,从早到晚。我只是不希望出事。我带着一位女士,由于她的关系,我倾向于避免暴力——从我个人角度出发,也必须慎之又慎,毕竟维护治安是我的工作。"

"你具体位置在哪儿?"埃普福德问。

"啊,去你的。"廷贝恩说,"我傻吗? 连这都告诉你?"

埃普福德承认,"我想也是。"他也陷入沉思,表情难以捉摸,"我帮不上多少忙,乔。我不参与图书馆政策的制定,那是焚书官的职责。不过,明天遇到麦奎尔夫人的时候,我可以帮你美言几句。"

"明天太晚了。"廷贝恩说,"从专业角度分析,我认为今晚正是关键时刻。"毕竟,基本上所有洛杉矶警官都正为雷·罗伯茨的安保任务忙得团团转,这将是图书馆干掉他的理想时机。几乎可以肯定,不会有警备车在头顶巡逻,至少在他和戈尔恢复联系之前,不可能有。

"我可以告诉他们,"埃普福德说,"你正在等他们上门。而且,当然,你有武装。"

"别,那样的话,他们只会派出一支更大的队伍。请让他们高抬贵手;我很后悔之前不得不那样做——去图书馆用枪逼着他们放了赫尔墨斯太太——但我别无选择,他们拘禁了她。"

"哦,是焚书官干的吗?"埃普福德说道,显然有些不自在,"他们仍然——"

"告诉他们,"廷贝恩想好了说辞,于是打断他的话,"我去了趟警署军火库,拿了一件武器,它发的子弹有地雷那么大,而且是速射型，一款斯柯达轻量猛炮。我能公开操作它，因为我是警官；现有的任何武器我都能使用。他们在附近鬼鬼祟祟的，活动范围极其有限。告诉他们，我早知道了。告诉他们，我期待着见到他们出现。荣幸之至。你好。"他挂了电话。

洛塔仍然在梳头发，她突然发问："你真有那样的枪吗？"

"没。"他说，"我有的是手枪。"他捶了捶腰带上的枪套，说道，"另外，我车上有官方配发的步枪。也许还是把它拿来比较好。"他抬脚走向门口。

"你觉得留匿名消息的人会是谁呢？"洛塔问。

"你老公呗。"他跛着脚离开旅馆房间，穿过人行道，来到路边泊车位，从车上取出步枪。

夜晚似乎寒冷又空寂，没有活人，没有生气；他感到不祥的气氛已然远去。大家都去机场了吧。他想，我本来也该在那里。我没到现场执行保镖任务，戈尔大概会骂得我狗血淋头。他暗忖，不过，饭碗在不在已经是最不值得我烦恼的问题了。

他回到旅馆房间，反手锁上房门。

"发现什么可疑的人了吗？"洛塔轻声问。

"没异样。放心吧。"他检查步枪弹匣，确保它装满了子弹。

"也许你应该给塞巴斯蒂安打个电话。"

"为什么？"他有些恼怒。"我收到他消息了。"他说，"不，我没力气跟他直接对话,因为你;我是说,因为我们的关系。"他觉得很别扭,这种事让他难以招架。事实上,带着别人的妻子躲进汽车旅馆开房这种事,他这辈子从没干过。他反复琢磨着,专心地思索起来。

"你该不是觉得丢脸吧?"洛塔问。

"我只是——"他做个手势,"感觉很微妙,我不知道该对他说什么。"他凝视着她,"你要是想的话,可以给他打个电话;我在旁边听着。"

"我——还是觉得宁愿写信给他。"她已经开始勉力创作书信,草草写了一段半,信纸叠起来放在床上,旁边躺着一支笔;眼下她已停止书写,显然快要被面前的事压垮了。

"行。"他说,"给他写信吧,他下周就能收到。"

她闷闷不乐地左看右看。"你车上有书报什么的吗?"她问。

"看这个吧。"他把《芝加哥星期一先驱报》丢给她。

洛塔瑟缩了一下,说道:"啊,不要,我从来不看这个。"

"你已经厌倦我了吗?"廷贝恩问道,依然有些暴躁。

"傍晚差不多这个时候,我总会读书。"她在房里走来走去,戳戳这里,掏掏那里,最后在床边的桌子上找到一本基甸《圣经》。"我可以读这个。"她说着,重又坐下来,"我要问它一个问题,然后随机翻开;像这样用《圣经》解答疑惑。我一直这样做。"

她摒除杂念。"我要问它，"她决定好了，"图书馆能不能把我们抓住。"她打开书，闭眼指向左边那页的顶上，"'你这女子中极美丽的，你的良人往何处去了？①'"她专注地读出声，"'你的良人转向何处去了？'"她抬起头，眼神严肃，"你懂得这话的意思吗？有人要把你从我身边夺走了。"

"可能指的是塞巴斯蒂安吧。"他半开玩笑地说。

"不。"她摇摇头，"我爱你，所以它指的一定是你。"她又合上书，求解另一个疑问，"我们所在的这家汽车旅馆，是不是安全的地方？是否需要换别处躲藏？"她又随机翻开，闭眼指向一段。"《诗篇91》。"她告诉他，"'住在至高者隐秘处的，必住在全能者的荫下。'"她思考着，"我想，这里就是隐秘处，所以安全性不比任何地方差……但即使如此，还是会被他们抓到。我们无力改变结局。"

"可以用枪杀出去。"廷贝恩提议。

"《圣经》说了不行，没有胜算。"

他觉得好笑，但又为她的消极感到怒其不争，便评价道："要是我也这种态度，早就死了几百年了。"

"这不是态度问题，是——"

"当然是态度问题了。你表达出来的意思就是你潜意识里

①出自《圣经·雅歌》。

想表达的意思。在我看来,一个人,一个男人,能掌控自己的命运。可能女人不一定。"

"我觉得,"洛塔悲哀地说,"扯上图书馆,男女都一样。"

"男女之间存在根本的思维差异。"廷贝恩摆出论点,"实际上,不同类型的女性之间也存在根本差异。就拿你跟我妻子贝瑟尔做个比较,你没见过她,你俩之间相去甚远。就比如说在感情中的付出,你是无条件给予——而男方,现在也就是我,什么都不需要做,也不需要取得什么特定身份。那么,贝瑟尔跟你相反,她总要提出一定的标准来要求我。比如我的穿着,带她外出的次数,一周下三次出食厅之类的,还要求我——"

洛塔胆怯地说:"我听到屋顶上有响动。"

"只是有鸟在跳吧。"他说。

"不是,比鸟大。"

他留神细听,的确有声音。屋顶上传来轻轻的咚咚声;是什么人或者动物在跑来跑去。小孩。"是群小孩。"他说。

"为什么会有小孩?"洛塔问道。此刻她盯着窗外,眼神呆住了,"他们在朝里面偷看。"

他旋即转身,只见一张瘦弱的认真的小脸压在旅馆房间的窗玻璃上。"图书馆派来的。"他嗓音粗重,"儿童部的特工。"他掏出手枪走到门口,手握住门把。"我去对付他们。"他对洛塔说着,打开门。

　　那小孩就站在门边。他举枪瞄向成人胸部的高度，子弹高高地飞过对方头顶。这些特工已经返童，不是成人，他猛地反应过来，再次瞄准。我下得了手杀儿童吗？不过，对方反正就快返回子宫，余生已所剩无几。他又朝那四个在汽车旅馆外面飞跑的孩童开起火来……

　　洛塔害怕得失声尖叫，身为成年人表现得如此夸张，着实令他烦躁。"趴下！"他朝她喊道。一个小孩用枪管瞄准他，他认出了那件武器：老式的军用激光束，严禁民用，就连警署职员都无权使用。"把枪放下。"他对那孩子说着，枪口瞄准了对方，"你被捕了，罪名是非法持有武器。"他好奇那个孩子是否知道如何操作；他还好奇——

　　激光亮起，饱和的鲜红色光束，历来的杀机之色。光束射出。

　　廷贝恩死了。

　　洛塔瑟缩在旅馆房间的双人大床背后，眼睁睁看着乔·廷贝恩死在激光束下；她看见越来越多的小孩，十几个，沉默地忙碌着，脸上洋溢着盈盈喜气。你们这些恐怖的小鬼，她心惊胆战地想着。"我投降，求求你们了，好吗？"她央求道，嗓音不住颤抖，好像不是从自己喉咙里发出来的。她笨拙地站起身，在床脚绊了一下，差点儿摔倒。"我跟你们回图书馆，好吗？"她等了等，激光束没有再射过来；孩子们似乎已经满足：现在，他们忙着用内部通信系统向上级报告，描述现场情况，请求指示。啊，天哪。她想着，低头看乔·廷贝恩，我早知道他们会是赢家；他总是那么自信，那往往意味着末路。骄兵必败。

"赫尔墨斯太太？"一个孩子尖声喊道。

"我是。"她回答。有什么好假装的呢？他们都知道她是谁。他们也知道乔·廷贝恩的身份——攻击焚书官、救她出图书馆的人。

这时，一个成年人出现了，正是开房间给他们的旅馆老板；她恍然大悟，他就是图书馆的线人。那人和小孩子们交谈几句，然后仰起头，朝她勾了勾手。

"你们怎么能真开枪呢？"她震惊地问道，呆呆地走过乔·廷贝恩尸体旁，在那里稍稍驻足：也许她应该留下陪他，像他一样殒命枪口——或许那也比回图书馆要好得多。

旅馆老板说："他攻击了我们。图书馆一次，这里一次。他向埃普福德先生夸下海口，说有办法对付我们，结果只是逞嘴皮子之能罢了。"那人向一辆大众飞行巴士停泊的方向点个头。"上车吧，赫尔墨斯太太？"车身一侧的字母拼出"人民主题图书馆"，明显是辆单位班车。

　　她踉踉跄跄地上了车；浑身是汗的孩子们喘着粗气，激动地一拥而上，围在她身边。但他们没有和她说话，只是叽叽喳喳地低声交谈，语调中充满了得意。他们那么开心，她意识到，他们在为返童状态下仍然对图书馆有用而感到高兴。她恨他们。

14

而明日未至，昨日已失。今日之生，亦不胜于万变瞬息。

——波伊提乌

电视新闻主播朗声播报："下面是本地消息。今晚，整个洛杉矶似乎全民出动，来瞻仰及欢迎乌迪教信仰的领袖，雷·罗伯茨教宗，他将于今晚七点以前，在洛杉矶机场短暂逗留。到场迎接的主要人物有洛杉矶市长萨姆·帕克斯，以及特意从萨克拉门托赶来的州长办公室特别代表贾德·阿斯曼。"电视屏幕上展示出熙熙攘攘的庞大人群，很多人在呼喊、挥手，还有的人高举手写标语，从"滚蛋"到"欢迎"不一而足。总体上看，人们的态度趋于和平。

我们贫弱渺小生命之中的宏伟盛事。塞巴斯蒂安酸溜溜地想着。

"教宗将由车队护送至道奇体育馆。"主播继续道,"到达之后,他将在聚光灯下发表一场演说,现场人山人海的观众当中,他的信徒占绝大比重,此外也有不少人纯粹是出于好奇和兴趣前来;这场活动标志着十年间第一位重要宗教领袖访问洛杉矶,使我们得以重温洛杉矶作为一座世界宗教之都的旧日辉煌。"他转而问搭档女主播,"希可,你会不会觉得,道奇体育馆这种热闹喜庆的节日氛围,让人回想起20世纪80年代菲斯都·克鲁伯与哈罗德·艾杰如日中天的时光?"

"没错,唐。"希可说,"但有一点不同。欢迎菲斯都·克鲁伯,以及在一定程度上拥护哈罗德·艾杰的人们更加尚武好战;而这四百万人在道奇体育馆和机场静候多时,只为一睹宗师风采,见证他发表一场扣人心弦的重要演说。大伙儿虽然在电视上见过他,但是来现场的感觉不一样似的。"

现在,车队已从机场启程,前往道奇体育馆;一路都有专人开道。蠢货。塞巴斯蒂安想,都来看这跳梁小丑,当真正的宗教伟人已然复活,回到我们身边——尽管被图书馆抢了去。

"显然,"主播希可说,"见到雷·罗伯茨,就不免会联想到他的前辈,阿纳奇·皮克。"

"最近不是有这样的传言吗,希可?"唐问道,"说阿纳奇即将复生,而且,当前也有很多人相信,雷·罗伯茨来这里的主要目的是会晤最近复生的阿纳奇,寻求机会劝说他返回黑人自治区。"

"有这种猜测。"希可答道,"同时,也有为数不少的人猜想,阿纳奇恰逢此时重返阳世,是否对乌迪教派最为有利——更重要的是,雷·罗伯茨如何看待它的影响。有人认为,如果阿纳奇的确即将复苏,罗伯茨可能会尽其所能推延他的回归,支持这种说法的人似乎很多。"之后是短暂的沉默;屏幕上依然在直播车队的画面。

镜头切回演播室,主播娓娓道来,"那么,在我们等待雷·罗伯茨前往道奇体育馆的途中,先来回顾几则本地新闻简讯。一位洛杉矶警官,约瑟夫·廷贝恩,被发现死于圣费尔南多的快乐假日汽车旅馆,死因为他杀,警方推测可能是宗教狂热分子所为。据该旅馆的其他宾客报告,今晚早些时候,曾目击一名女子在附近的出食厅陪同廷贝恩警官,该女子身份存疑,且已经消失。详细报道请锁定十一点的新闻,我们对旅馆老板进行了采访。北部山区的洪水已逼近——"

塞巴斯蒂安关闭了电视。"老天啊。"他对变回了小卡尔的机器人说,"他们抓走了洛塔,杀死了廷贝恩。"他的警告没能传达到位,徒劳无功。没希望了,他琢磨着,想找个地方坐,最后抱头蹲了下去,盯着地面。我什么也做不成了。既然他们连廷贝恩这样的职业警察都能抹杀,对付我就更不在话下。

"我感觉,"机器人说,"要闯进图书馆几乎不可能。我们曾尝试向B区安插一批微型机器人,可是很惨,失败了。我们不知道还能做什么。要是里面有一个充满同情心的员工的话——"机器人陷入沉思,"我们原本期望道格·埃普福德能予以配合;他似乎是最明事理的图书馆员。可我们终究还是押错了宝:就是他把微型机器人给连窝端了。"它附带一句,"麻烦再开一下电视,我想看看车队。"

塞巴扬了扬手,"自己开吧。"他已经没有精力再起身了。

机器人便又把电视打开,希可和唐的暖场对话重又上演。

"……也有不少白人。"唐正在报道,"所以,现场正如教宗所许诺的那样,成了两大人种的盛会,虽然我们刚才也注意到,黑人的数量远超白人,比例大约在——我估计是五比一。你的估算是多少呢,希可?"

"我也觉得差不多是那个数,唐。"希可说,"对,有色教徒和白人教徒的比例约为五比一——"

贾科梅蒂开口道:"我们派去图书馆的人,必须顾及他们馆员的安全。"他戳着下唇,蹙起眉头,"否则阿纳奇将就此消失。"

"洛塔。"塞巴斯蒂安说。还有她。

"她的重要性可是远低得多，"机器人说，"赫尔墨斯先生，虽然从你的主观角度来看，她的安危问题无疑显得更加突出。"它又问贾科梅蒂，"罗马方面是否有办法伪造证件，让我们其中一人混进图书馆？据我了解，你们的人很擅长这个。"

贾科梅蒂冷哼道："承蒙抬举，实不敢当。"

"有时间的话，"小卡尔琢磨着，"我们可以制造一个仿真机器人，比如说，模仿安·费舍尔小姐。但那要花好几周。贾科梅蒂先生，如果我们两方整合资源，兴许还能武力突入图书馆。"

"我的被代理人不轻易合作。"贾科梅蒂说道，态度决绝。他语调平淡，却有不容置喙的意味。

塞巴斯蒂安咨询机器人，"问问雷·罗伯茨，我要怎么做才能进图书馆。"

"眼下，教宗——"

"问他！"

"行吧。"机器人点点头，好几分钟没说话。塞巴斯蒂安和贾科梅蒂静静等候。终于，它再度开口，这次的语气十分坚定。"你需要到图书馆B区，"它说，"约道格拉斯·埃普福德先生见面。他认得你的长相吗，赫尔墨斯先生？"

"不认得。"塞巴斯蒂安回答。

"你告诉他，"机器人说，"是夏芮丝·麦克法丹小姐介绍你来的。你的名字叫兰斯·阿可布布，你写了一篇愚蠢的论文，研究陨石致死案例的心理原因。你为人古怪，原先定居自治区，后因过于离经叛道而被驱逐出境。埃普福德先生有思想准备，夏芮丝·麦克法丹已经向他提过你和你的胡扯论文。他不会乐意接待你，但公事必须公办。"

塞巴斯蒂安回复道："我不明白这些东西能派多大用场。"

"它能为你提供身份伪装以及借口。"机器人说，"你的行踪，你在图书馆的现身，都将合情合理。古里古怪的创作者向来是B区的常客，埃普福德习惯了他们的存在。贾科梅蒂先生，"它把注意力转向罗马金主的代理人，"你及你方同僚能否与我教通力合作，准备一套求生装备供赫尔墨斯先生在图书馆内使用？我们两方确有必要资源共享。"

贾科梅蒂沉思片刻之后点点头，"我认为我方可以协助，但我们拒绝提供毁灭人类生命的物品。"

"赫尔墨斯先生只需自保即可。"机器人说，"我们没有计划挑衅行动，仅凭个人就向图书馆宣战实在是自视过高了，绝不可能成功。"

塞巴斯蒂安问："万一兰斯·阿可布布本人去了怎么办？"

"没有兰斯·阿可布布这人。"机器人话语简洁，"麦克法丹小姐是个乌迪教徒，她私下去求埃普福德先生，原本就是我们计划中的一步。实际上，它正是由足智多谋、才思敏捷的雷·罗伯茨本人所策划。我们甚至准备了他的假论文，探讨陨石致死案例中的心理因素；明天一大早，乌迪特递员就把它送到你共管公寓门前。"机器人喜笑颜开。

电视屏幕上，唐仍在报道："……至少。今晚在道奇体育馆，听众济济一堂，风雨无阻。好，那么据我们了解，雷·罗伯茨教宗现在应该随时可能出现。"此时，转播台停止了背景静音，人群的喧嚣立即喷涌而出，震耳欲聋。"罗伯茨先生正从嘉宾通道中走出。"唐的声音仍然清晰可辨，"麻烦导播给个特写，我们的摄像机应该能拍到他。"镜头拉近，屏幕上出现四个人影，正健步走过内场，前往视野中那座临时搭建的讲台。

"我提个要求，"机器人说，"罗伯茨先生开始发言之后，房间里要保持绝对安静。"

"你能看见他此时此刻在做什么吗，唐？"希可问。

"好像是在祝福讲台周围聚集的教众。"唐回答，"他在朝人头攒动的方向挥手，像是在对他们洒圣水。没错，他是在施以祝福；现在他们集体跪下了。"人群继续欢呼。

塞巴斯蒂安对机器人说："那咱们今晚就没啥可做的了。要进图书馆的话——"

"得等明天早上开馆才行。"机器人强调。然后，它将手指竖在唇边，做了个"嘘"的动作。

雷·罗伯茨已站到话筒后面，审视着人群。

塞巴斯蒂安留意到，教宗身材不高，体形单薄，胸骨突兀隆起像鸟笼似的，胳膊细瘦，手却奇大无比。他双目犀利，炯炯有神，仿佛燃烧着炽烈的光芒，徐徐投向正在聆听演说的众人。罗伯茨身穿朴素的黑袍，头戴无檐小圆帽，右手戴着戒指。至尊魔戒驭众戒，他联想到了托尔金的名句，至尊魔戒寻众戒。至尊魔戒——怎么说的来着？——引众戒，禁锢众戒黑暗中，魔多妖境暗影伏。而这枚世俗权力之戒，他想，就像以莱茵黄金铸造的那枚一样携带着诅咒，不论谁戴上它都将惹祸缠身。他猜测着，也许，阿纳奇被图书馆夺去，正是诅咒灵验的具现。

"Sum tu,"①雷·罗伯茨说着，高举双手，"我即是你，你即是我。你我之间的差别都是假象。'这吗意思啊？'你们或许会像老段子里头的黑人守门大爷那样发问。它的意思是——"他抬高音量，声如洪钟，回响不绝；他举头仰望，目光聚焦在道奇体育馆上方天穹中的某处，"黑人不可能因肤色而比白人劣等，因为黑人即是白人。从前，白人对黑人暴力相向，同时也自残自伤。今日，黑人自治区的市民伤害或侵扰白人，也是在伤害及侵扰自

①拉丁语，意为"我是你"。

己。我向大家呼吁：不必削掉罗马士兵的耳朵，它会如枯叶般自行掉落。"

人群欢声雷动。

塞巴斯蒂安走进厨房，点燃一截烟头，恼火地快速呼了几口烟。烟变长了。也许鲍勃·林迪今晚可以送我进图书馆。他暗自思忖，林迪脑筋灵活，什么机械都难不倒他，电工也不在话下。或者R.C.巴克利，他靠那张巧嘴随时随地都能混得进去。我自己的员工，他想，我应该依赖他们，而不是乌迪教派，就算乌迪教派确实早有预谋，万事俱备，只欠临门一脚。

"我联想到一位最近刚复生的小老太太，"客厅里传来罗伯茨的游说，"她最大的恐惧是，掘墓队的人会不会觉得她衣装不体面。"听众咯咯轻笑。"然而，神经性恐惧可以摧毁一个人，一个国家。"罗伯茨继续道，神情严肃起来，"纳粹德国双线作战导致的神经性恐惧——"他仍在喋喋不休，塞巴斯蒂安收回了注意力。

也许我还是得接受机器人的方案，他告诉自己，等到明天再说。乔·廷贝恩用枪开路，解救她，又用枪杀出去，可是得到了什么好处？廷贝恩已经死了，洛塔又再度被抓进图书馆；一无所成。

他反思着：要进图书馆得顺毛摸驴——走他们熟悉的传统途径。乌迪教徒说得对，必须让图书馆主动接收我进去。

可是，他自问，等我进去以后，又怎能克制自己的怒火？当我真正与他们面对面……全身都绷紧了弦，压力巨大，我还得坐在那儿跟埃普福德聊那部疯言疯语的伪造手稿——

他回到客厅。雷·罗伯茨那慷慨激昂的演讲铿铿乱耳。他高声朝机器人喊道："我做不到！"

机器人烦躁地捂住耳朵。

"我今晚就要闯进图书馆里去！"塞巴斯蒂安大喊道，但机器人没有理会他，它已经将头转了回去，重新汲取着电视机发出的噪声。

贾科梅蒂起身，拉着他的手臂，把他搜回厨房。"乌迪教派对事态的把握没有错，这事儿急不得，得一步步来；我们——尤其是你自己——必须要有耐心，否则就是去送死的，跟那位警官一样。整个过程必须要——"他做了个手势，"走迂回路线，甚至是要——以退为进。明白吧？"他揣摩着塞巴斯蒂安的神色。

"今晚，"塞巴斯蒂安说，"我这就去。"

"去就回不来了！"

塞巴斯蒂安放下完整的烟，说道："你好。待会儿见，我走了。"

"别擅自接近图书馆！千万——"贾科梅蒂的话语没入电视机响亮的声音，接着，塞巴斯蒂安反手关上共管公寓的门，来到外面的走廊里，默默离去。

粗略算来，他在黑暗的街道上似乎游荡了几个小时，两手深深地插进裤袋，走过商店，走过住宅，随着夜色渐深，灯盏越来越稀少，直到最后，他抬头望向一片居民区，已不见半点儿灯火。现在，人行道上已无旁人经过，只剩他形单影只。

他忽地发觉有三个乌迪教徒正迎面走来，两男一女，每人都戴着sum tu徽章；年轻女孩特意将它戴在右胸的乳尖上，就像一粒超大的金属乳头，亮光闪闪。

他们兴高采烈地和他打招呼。"别了，朋友！"三人齐声喊道，"你觉得教宗今晚的演说怎么样？"

"棒极了。"塞巴斯蒂安说。他努力回忆，却只想起来一个短语。"我喜欢'罗马哨兵的耳朵'那段，"他说，"让我感触很深。"

"我们有一些酒米共。"高个子男教徒告诉他，"跟我们来吗？就算不是教友也可以一起庆祝的！"

他难以拒绝这样的邀请，便应承了下来，"好的。"他已多年未摄入酒米共，它的风味大体就像旧时在酒品专卖店和酒吧出售的酒精饮料——这不免使他忆想当年霍巴特时相尚未降临的日子。

几人旋即全部挤进一辆停泊的飞行车，用一根长长的摄食筒轮流从溺瓶中取摄。气氛越发欢乐起来。

"这么晚了你在外面做什么？"女教徒问他，"找女人吗？"

"对。"塞巴斯蒂安说。酒米共放松了他的舌头，他感觉被友谊的暖流包围。也许的确如此。

"喔，要是你想的话，咱们可以去——"

"不，"塞巴斯蒂安出声打断她，"不是你想的那样。我在找我妻子。我知道她在哪儿，就是没法儿救她出来。"

"那我们去救她出来！"矮个子男教徒欢欣雀跃地说，"她在哪儿？"

"人民主题图书馆。"塞巴斯蒂安说。

"我——操——！"三个乌迪教徒兴意盎然地齐声高呼，"赶紧去吧！"掌方向盘的那人启动了飞行车引擎。

"这会儿已经关门了。"塞巴斯蒂安提醒道。

这话暂且浇灭了他们的热情。三人合计一番，最后交由一位沟通代表来陈述集体意见供他斟酌。"图书馆有个通宵还书口，用来接收过了刊除截止日的书籍，绝不问东问西。能从那里挤进去吗？"

"那也太小了。"塞巴斯蒂安说。

这话也像一瓢冷水浇熄了他们那越挫越勇的热忱。"你得等到明天。"女孩告诉他，"或者也可以报警。不过，狗食，我知道警方对图书馆奉行不干涉政策。所谓的'人不犯我，我不犯人'。"

"也有例外。"塞巴斯蒂安说，"今晚早些时候，图书馆特工杀了一位洛杉矶巡警。"但他不能证明是图书馆所为,他已经听到电视上宣称凶手是"宗教狂热分子"。

"要是能让雷·罗伯茨为你妻子祷告,说不定有用。"最后,女教徒满含期待地开口。

"我还是觉得,"高个子男教徒说,"咱们四个可以找个地方纵酒狂欢。"

他谢过他们,下了车,继续游荡。

但飞行车仍然跟在后面,接着又与他并列前行。一个乌迪教徒摇下车窗,探出身子对他大喊道:"你要想硬闯进去的话,我们可以搭把手。我们可不怕人民主题图书馆!"

"你小子说得真不差,我们不怕!"女教徒热烈地附和道。

"还是不了。"塞巴斯蒂安做了决定。他必须独自完成任务,那三个乌迪教徒固然是好心,但提供不了实质性帮助。

"回家去吧,伙计。"沟通代表开始哄劝起他来,"今晚你什么事也做不成,不如明天再加油。"

他们说得对,他点点头,应道:"好的。"此时,他刚认识到自己的无能,立刻就被一波排山倒海的疲惫感席卷:一旦大脑停转,身体就跟着学样。他冲那三人挥手问好——颇具欢迎之意,然后继续逛荡,朝着前方亮灯的十字路口,搜寻计程车的踪影。

一生之中,他还从未感受过此等的颓丧。

15

上帝的学识寓于其平易的临在之中，同样超越时间的一切
进程。

——波伊提乌

半小时后，他回到共管公寓，天可怜见，终于没有外人碍眼
了，贾科梅蒂和机器人小卡尔总算走了。每只烟灰缸里都堆满了
完整的香烟；他在家里溜达一圈，把烟塞进烟盒，之后什么也不想
干，被绝望驱赶着晕晕乎乎上了床。至少房间里的空气闻起来洁
净又清新，这都是他们呼了这么多烟的功劳。

接下来他感知到的，是一连串的敲门声。他摇摇晃晃地起

了床，发觉身上衣服齐整，便跌跌撞撞走向前门。门外没有人，他耽搁得太久了。但是，门口留下了一个包裹，用亮蓝色彩纸包得方方正正。是捏造的兰斯·阿可布布的论文。

"老天。"他痛苦地自言自语着，他感到头疼，浑身每一块肉都不舒坦。厨房墙上的挂钟播报九点整。到早上了。图书馆已经开门了。

他抖抖索索地来到客厅坐下，打开包裹。几百页打印稿，带着呕心沥血的亲笔批注，一份可信度十足的稿件……他深为乌迪教派行事之精细所折服。他随意看了几处，都觉得言之有理，那套歪理总能自圆其说——在自设的条件框架下浑然一体，要通过图书馆的审查明显不成问题。

顾不上摄食早米共、粘贴髭须，他就给图书馆打去了电话，找道格拉斯·埃普福德。

屏幕上显示出一个小官员浮夸的阴郁面容，"本人就是埃普福德。"他打量着塞巴斯蒂安。

"我叫兰斯·阿可布布。"塞巴斯蒂安自报家门，"麦克法丹小姐说，她向你提起过我。"

"啊，对。"埃普福德点点头，毫不掩饰厌弃之色，"我一直在等你电话，流星致死论的开创者。"

塞巴斯蒂安拿起打印手稿对着屏幕，问道："今天上午我能过来交论文吗?"

"可以给你加个塞——时间别太长——十点左右来吧。"

"到时候见。"说完,塞巴斯蒂安挂了电话。他意识到,现在,我能名正言顺地一路直上图书馆大楼,除了顶层A区之外。乌迪教徒真是经验老到的操盘手……有他们铺路,真是大不一样啊。

可视电话响了,他接起来,发现眼前屏幕上正是雷·罗伯茨教宗。"再见,赫尔墨斯先生。"罗伯茨言辞简洁,"鉴于你潜入图书馆的行动极为重要,我认为有必要直接和你联系,确保不存在误解。你收到阿可布布的论文手稿了吧。"

"收到了。"塞巴斯蒂安说,"做得挺不错的。"

"在旁人的感受中,你只会在图书馆逗留几分钟;道格拉斯·埃普福德将收下手稿,客气一番,然后将它归档。全程大概就十分钟。当然,你要做的不止这些,你还得在那迷宫一样混乱的办公室、阅览室、物资室之间转上小半天。要想中途溜号,你需要一个借口。"

"我可以跟他们说——"塞巴斯蒂安开口,但被教宗打断了。

"听我说,赫尔墨斯先生。这个借口是很久很久以前就仔细谋划好的,而且前期渗透工作也已推进多时。当你到埃普福德先生的办公室里坐下,手稿正待上交之时,你最后浏览一遍,不经心地注意到第一百七十三页,发现那里有一个重大错误,于是向埃普福德要求使用非开放区域的阅览室，以便进行笔墨修正。你要给他保证，改完稿子就立即交付给他；你还要计算一下修改所需的时间，十五到四十五分钟之间即可。"

"明白了。"塞巴斯蒂安说。

"非开放区域的阅览室没有人巡逻，"雷·罗伯茨说，"因为那些屋里除了硬木长桌之外别无其他。所以，不会有人看见你离开阅览室。如果确实遇到谁拦你，就说你想回埃普福德先生的办公室，结果迷路了。那么，咱们有必要来研究一下阿纳奇所在的大概位置。对图书馆进行分析之后，我们初步认定他位于顶层，且可能范围不会超过最上面两层。也就是说，你需要搜索最高的那两层……当然，那里也是最难进入的区域。那两层楼的图书馆职员统一佩戴专门的袖章，袖章上的特殊染料能够准确应答微型雷达示波器的扫描。它采用了显眼的荧光蓝——好让图书馆保安远远地就能一眼看出谁戴着、谁没戴。手稿外面包的那层纸，就是用这种特殊处理过的蓝色染料印制的。你可以沿着包装纸上印的虚线裁一条下来，做成袖章，揣在兜里，从埃普福德办公室出来后就套到左臂上。"

"左臂上。"塞巴斯蒂安重复道。他感到头晕体虚，需要摄一点儿米共，冲个凉，换身衣服。

"现在，去看看你存放还原食品的冰箱吧。"雷·罗伯茨说，

"里面能找到机器人小卡尔和贾科梅蒂先生联手为你准备的求生包。那是你的必要装备。"他顿了顿,又说,"还有一件事,赫尔墨斯先生。你深爱妻子,她对你无比珍贵,然而,放眼历史全局,她的重要性并不高——不如阿纳奇。希望你能尽量认识到,你的个人需求的价值是有限的,而阿纳奇·皮克的价值接近于无限,这两者之间存在天壤之别。你的本能会指引你去寻找你的妻子……所以,你必须有意识地克制这种近乎生理驱动的反应。听明白了吗?"

"但我只想找到洛塔。"塞巴斯蒂安从紧咬的牙关里挤出几个字。

"也许能行。但那不是你此行去图书馆的主要目的;我们提供这套装备,也不是为了找她。据我推测——"雷·罗伯茨朝可视屏凑近了些,双目随即在屏幕上端呈鱼眼放大,像镜头里的催眠师;塞巴斯蒂安则坐着不动,像一只安静的鸡,顺从地聆听。"一旦我们夺回阿纳奇,他们就会将你妻子完璧归赵。他们的真正目标并不是她。"

"啊,他们确实是冲着她去的,"塞巴斯蒂安说,"想借此报复我,就因为我和安·费舍尔之间那点儿破事儿。"他没听懂——也不认同——雷·罗伯茨这条论点的逻辑;他觉得那不过是劝诱他就范的幌子罢了。"你没见过她。她内心充满了恶毒与怨愤,仇恨占据了她主要的——"

"我见过她几次。"雷·罗伯茨说,"焚书官议事会曾将她派驻堪萨斯城,其实也算是让她以非正式特使身份接触我们联邦政府。她在图书馆议事厅的权力起起落落,隔一段时间就被选上去,然后又因为手伸得太长仓促下台。没准儿就是她一手策划了廷贝恩警官的身亡;我们已经把风声走漏给了洛杉矶警署,杀害廷贝恩的是图书馆特工,而不是'宗教狂热分子'。"一波纯粹的愤怒扭曲了他的脸,"乌迪教徒总是为暴力罪行背锅,这都成警察和媒体的惯用伎俩了。"

塞巴斯蒂安说:"您觉得洛塔也会被关在最上面两层吗?"

"极有可能。"教宗审视着塞巴斯蒂安,"我看得出,尽管我极力劝诫,你仍然会从那短暂的活动时间里挪出一大部分去寻找她。"他沉着地挥挥手,这是共情的反应,表示理解而非谴责。"嗯,赫尔墨斯,好好检查一下求生包,然后就动身去图书馆赴约吧。很高兴能与你通话。我想,咱们应该还有机会再聊,也许就在今天晚些时候。你好。"

"您好,先生。"说完,塞巴斯蒂安挂了电话。

冰箱里塞满了他爱的各式美食,已准备好送往超市。他忙不迭从中找出贾科梅蒂和机器人留给他的白色小纸盒,仔细查看之后,失望地发现里面只装了三件物品。迷幻压力气雾剂,配合手榴弹释放;口服式迷幻剂解药——大概是吩噻嗪——以塑料胶囊分装,便于他在图书馆搜寻目标期间藏在嘴里。这便是三者之二。至于第三件,他起初没认出手里的东西是什么,细看几分钟之后才明白,这是一支静脉注射器,内含一小剂状如树汁的灰白液体。它外面裹了一层可撕说明书,于是他撕了下来,阅读使用说明。

注射这种溶液后,他将在有限的时段内摆脱霍巴特时相的影响。

他明白了,他将在时间流中保持静止;从各个实际方面看,都将处于既非顺时亦非逆时的状态。他将在一定时段内感受时间悖论:按正常时间计算,不超过六分钟;而从他的视角出发,体验却长达数小时。

他发觉最后这件物品来自罗马;他回忆起,从前曾有人使用它,以期延长精神冥想的体验,但成功率有限。现在,它已被官方明令禁止,无法从正常渠道获取,却竟然出现在了这里。

罗马金主毫不动摇其永恒的精神追求,亦不放过任何一种具备实操性的手段。

将两样物品组合使用,向图书馆保安施放迷幻气雾剂,他本人注射针剂——敌不动他动,就这么简单。而且不会有人受伤,这样也符合贾科梅蒂的要求。

在长达一到三个小时的主观时间内，他可以在图书馆上层自由出入、任意行事。如此简单，他觉得这只求生包简直是极佳能效比的典范。

他迅速冲了个凉，换上适合人设的脏衣服，把小簇的假胡须轻轻按紧，之后摄入了米共，用一套上得台面的餐具盛接好各种各样的食物，然后，将手稿夹在腋下，离开了空荡寂寥的共管公寓，走上他前一夜停车的那条街。他的心提到了嗓子眼儿，恐惧扼紧了他的咽喉。这个机会，他意识到，这是我救洛塔的最后一个机会。如果可能的话，还要一并救出阿纳奇。如果这次失败，那她就真的回不来了，永远地离去了。

不多时，他便上了车，疾速驶向清晨明亮的天空。

16

种种思虑在我卑微的心底来回打转,萦绕其间的是啮心的
愁绪,唯恐我在获知真相前死去。

——圣奥古斯丁

"一位姓阿可布布的先生找您,先生。"道格·埃普福德的秘
书经由内部通信系统报告至他的办公室。

他暗暗叫苦。啊,该来的终于来了——永远那般热情似火
的夏芮丝·麦克法丹寄予他肩上的重任。"让他进来。"埃普福德
说着,往后翘起椅子,两手交叠在身前,等候来人。

一个彪形大汉出现在办公室门口,衣着整齐,外貌比他老

成。"我叫兰斯·阿可布布。"他低声咕哝着，眼神不安地四处游移，活像一头困入陷阱的野兽。

"拿出来看看吧。"埃普福德直截了当地开口。

"当然。"阿可布布坐到道格·埃普福德办公桌前的椅子上，战栗着递过厚厚一叠卷了页角的打印手稿。"毕生心血啊。"他喃喃道。

"那么，"道格·埃普福德语调轻快，"你主张这样一个观点：憎恨祖母的人会遭陨石击中而死。你算是个理论家，但既然主动过来要求刊除著作，总归还是挺现实的。"他匆匆翻阅手稿，随意地这里读一句，那里读一句。措辞乏味，堆砌术语，老掉牙的句子注水扩容、改头换面，自诩才智过人……这等内容质量他再熟悉不过。图书馆每天能收到十份这种垃圾手稿，刊除它们成了B区的日常业务。

"可以再给我一下吗？"阿可布布哑着嗓子问道，"我想最后看一眼，再定稿提交到你们单位。"

埃普福德把厚厚一摞手稿丢回办公桌上。兰斯·阿可布布拿起它，凝视一番，然后翻开纸页。他的视线在某一页流连半晌，之后停止了翻页，默读起来，嘴唇不住地翕动。

"怎么了？"埃普福德沉声问道。

"我——好像对一百七十三页一个重要段落的阐述有些混

乱。"兰斯·阿可布布嗫嚅道,"得改通顺了再给你刊除。"

埃普福德摁下内部通信按钮,向秘书汤姆森小姐交代,"请带阿可布布先生到非开放楼层,找一间阅览室让他仔细审读,免得受到打扰。"他又问阿可布布:"多久能返还给我?"

"十五到二十分钟吧。怎么也不会超过一小时。"阿可布布起身,握紧了脏兮兮的珍贵手稿,"你会收下它刊除掉吧?"

"该死,你想得没错。快去改好,回头再来找我。"他也站起身;阿可布布犹豫了一下,又笨手笨脚地走出埃普福德的办公间,进入外面的等候室。

埃普福德转头忙起了其他工作,疯子创作者兰斯·阿可布布的事,几乎立刻就被他抛到了脑后。

阅览室里只有塞巴斯蒂安·赫尔墨斯一人。他用颤抖的手指摸出袖章,套在衣袖上,又伸手从大衣衣兜里掏出求生包,将迷幻剂解药胶囊放进嘴里,留神避免咬破。他以左手僵硬地握住手榴弹,一面想着:这不是我,我不知道要怎么做。懂这些的是乔·廷贝恩,他受过专业训练。

他尽力稳住不听使唤的右手和胳膊,往身体里注射了那小小一剂树汁般的灰白液体。好嘞,任务已经开始,他已进入倍速时间,这种状态将持续(他主观上的)数个小时。

他打开阅览室门,顺着走廊望了望。没人。他走了几步,看到楼梯的标志,立即选定了那个方向。

爬楼梯没有遇到任何阻碍,他仍然一个人都没见着。往上有一扇门,他推测门后是连接上一层的楼梯间,打开一看,迎面却对上了一个身穿制服的图书馆保安那冷酷的眉眼。

保安抬脚以慢动作向他走来。

他不费吹灰之力就轻易避开了,闪身一让,快步行过走廊。

安·费舍尔怀里抱着满满一摞文件从一扇侧门出来,动作跟那个保安一样迟缓,看不出到底要做什么。她发现了他,缓慢地转过头来,他觉得仿佛过了好几分钟;她的下巴以异常迟钝的动作垂下,到他等得快急死的时候,她终于露出了惊奇的表情。

"你——来——干——什——么——"她开口道。他可等不了听那拉长数倍的句子说完;他知道一切都乱了套——应该绝对避免与她碰面,何况任务才刚刚开始——他一溜烟跑过她身边,继续跑下走廊,这才懊恼地发现,尽管两人之间存在时间差异,但他静立的时间太久,足以被她认出来了。我应该保持移动,持续地加速移动。他意识到,现在为时已晚。

警报铃即将拉响;按照他的时间尺度,还要等几分钟,但必定会响起。

前方,两个身穿制服、全副武装的保安站得笔直,守在一个房间门口。他朝两人全速冲了过去,保安似乎模模糊糊地察觉到了他,脑袋机械地转了转——但来不及等他们反应,他已溜过两人中间,转动了门把手。

警报铃终于响起,叮——叮——叮——,每次振铃之间的间歇相当明显。好像录音机慢放的声音。他想着,打开办公室门。

四个焚书官——他们穿着新托加袍,他借此辨认出了他们的身份——正在办公室里磨洋工。中间的一把椅子上坐着阿纳奇·皮克。

塞巴斯蒂安即刻做了决定。"我不想救你。"他说,"我是来救我妻子的,洛塔在哪儿?"没人听懂他的话,传入他们耳朵的不过是一连串嘈杂的吱喳声。他闪身出了房间,丢下阿纳奇那干瘪瘦小、皱纹遍布的身影;回到走廊,他再度与那两个持枪警卫打了照面,两人此刻刚转身要追进屋……他身子一扭从中间挤了过去,奋力逃出两人逐渐举高的枪筒的射程,匆匆跑向下一间办公室。

除了一张空办公桌和几个文件柜以外,那里什么也没有。

他打开第三间办公室瞧了瞧。一个不认识的人在打电话。他继续往前走。

在第四个房间里,他只看到一堆贮藏的补给品。寒凉冰冷,死气沉沉。

再去上一层,他对自己说。他看见前方又出现了楼梯的标志,急忙朝那边跑去。

来到顶层,他在走廊里遭遇了一大群男女职员,他们全都和他一样,佩戴着荧光蓝的袖章。他冲过人群中间,随手推开了一扇门。

在看不见的背后,传来"咔嗒"一声松开枪支击锤的声音,他立即转身,只见一杆步枪的枪筒逐渐扬起。

他笨拙地抛出迷幻剂手榴弹,同时咬破解药胶囊。

枪筒停止了抬高,枪蔫蔫地从保安手里滑落;保安跌坐在地,缩成一团,高举双手抵御着什么东西的攻击。幻觉。

迷幻气雾如同浓烟在走廊中翻滚弥漫。他跋涉过动作缓慢的人群,顺次推开一扇扇门察看,却只发现了更多的埋头工作的图书馆官员,还有几次看见了焚书官议事会的徽章……图书馆内部的森严等级在他眼前分崩离析,只因为他现身此地发动突袭。洛塔却依旧不见踪影。

最后,他把一个年老体弱的女焚书官一个人堵在了办公室里,她睁圆了眼睛瞪着他。"赫——尔——墨——斯——太——太——在——哪——儿?哪——一——层?"他估算着她的时间流速,放慢语调,凶神恶煞地朝她逼近。

然而,此时她已经受到了迷幻剂的侵袭,身子逐渐瘫软成一团,满脸深受震慑的神情。他俯身拽住她的肩膀,重复那个问题。

"在——地——下——那——层。"答复终于传来,慢得叫人头疼。话音刚落,老焚书官便融入了他眼前色带组成的世界,他丢下她,快步出门回到走廊。

廊道里人头攒动,声音嘈杂,但每个人都深陷于各自的心境之中,不再有人际交流与协同合作,于是他轻而易举就到了电梯前,没人留意到他。

他摁下按钮,经过一段漫长得仿佛不真实的时间之后,电梯到了。

轿厢里挤满了图书馆保安,全副武装,伺机待发。他们戴着防毒面具,注视着他(在他们眼中)逃离的残影,片刻之后,总算有一个人开动了随身武器。

没有打中。但至少,他们终于能够瞄准他的大致方向。迷幻气雾影响不到这些人。

我救不了洛塔了。他意识到,我上不了这架重兵把守的电梯。雷·罗伯茨说得对,我应该把洛塔抛到脑后,直接带着阿纳奇出去。死者必生,生者必死,他啼笑皆非地想着,乱耳之乐必响彻天地[1]。我也乱了,他对自己说,逃不出他们的掌心了。我谁都救不出去,和乔·廷贝恩一样,而他还短暂地成功过。要不是中途遇

---

[1] 此句出自约翰·德莱顿的《圣西西里亚节之歌》。

到安·费舍尔，情况可能大不一样，他想。

由于先前注射药物的作用，现在，他有种奇怪的时间停滞的感觉，一种近乎永生的感觉；但与之相随的却不是力量或者权势，相反，他感到虚弱、疲惫、绝望。看来安·费舍尔得到了她想要的一切。他想，她的预言正在逐一应验，而我，作为最后一枚卒子，也像乔·廷贝恩以及阿纳奇和洛塔一样，走上了末途。

都是我搞砸了，他意识到，就几分钟的事。如果换作是乔·廷贝恩，结局会迥然不同，我非常肯定。

他总不免那样去想，对自身劣势的清醒认识快把他压垮了。和乔相比，他的缺陷多么明彰，乔的勇武多么显著。但他们照样干掉了乔。他绝望地回想着，乔已经死了！

而我也快了，他想。

如果乔和我一起行动，说不定早已大功告成。他想，我们俩通力合作，应该能把洛塔救出去，我们都爱她。而孤军作战注定被各个击破。机会已失不再来了。假如他能听我一声劝，假如他在汽车旅馆时给我打个电话，假如——

我老了，不中用了。他想，我就该待在坟墓里，他们忙乎着挖掘一通，却是竹篮打水，水中捞月：只有死亡与彻骨的寒意，坟墓的霉菌仍然紧紧黏附在我身上，凡我碰触之物均被沾染。我觉得自己又要死了。他想道，或者说，一直没从死亡中走出来过。

他寻思着：就算被他们杀死也无所谓，反正我也没好好活过。可是洛塔不一样，廷贝恩也不一样。

也许，他心想，即使我突围不成，救不了任何人，甚至无法自救——兴许还能拉安·费舍尔垫背。那也值了，算是能对得起乔·廷贝恩了。

17

然而，不具体积的当前时间要如何度量？我们仅能度量时间的流逝，而逝去的时间无法度量；因为度量的客体已然失却。

——圣奥古斯丁

塞巴斯蒂安·赫尔墨斯从一个慢动作的图书馆保安手里夺过步枪，快步朝楼梯跑去。来到台阶前，忽然听到下方传出嘈杂的人声，在楼道间回荡。没准儿他们就在下一层，他如此期盼着，迅速下楼，竟发现一路畅通无阻。

下一层的走廊和楼上一样，众多全副武装的人巡逻其间，动作卡顿。他像透过玻璃一样清楚地看到，安·费舍尔独自一人站在远处。于是,他快步朝那个方向走去,轻而易举地避开那些慢吞吞地扑上来阻拦他的人……然后,他又和先前一样站到她面前;她认出了他,脸上再次失去了血色。

他放慢了语速,配合她的时间感,拖长了声音说道:"我——脱——不——了——身,不——如——就——跟——你——同——归——于——尽。"他举起步枪。

"等——等。"她开口,"我——现——在——就——地——和——你——做——个——交——易。"她凝神看着他,努力想把他看清,仿佛眼中的他形迹模糊似的,"放——过——我,"她说,"你——可——以——带——走——洛——塔。"

此话当真吗? 他有一些怀疑。"你——有——权——限——下——令——放——她?"他问。

"没错。"她点头。

"我得带上你,"他说,"直到我跟她安全撤离为止。"

"你说什么?"她打起十二分精神,努力解析他加速的话语。"好的。"她终于给出答复,显然已经破译了他的话。她这副放弃的认命姿态倒是有些奇怪。

"你害怕了。"他说。

"嗯,当然。"他惊讶地发现,此时她的语速似乎已不再缓慢,显然针剂的效力正在消退,"你冲进图书馆这里来,疯子一样的乱窜,到处丢手榴弹,威胁到每一个人。我只想赶你出去,用什么办法都无所谓。"随即,她便对着微型麦克风下令:"把洛塔·赫尔墨斯带到屋顶上的飞行车里,我去处理她。"

"你权限这么大?"他惊诧地问。

"我父亲是焚书官议事会的现任主席。我母亲,你也见过了。咱们先上屋顶去吧?"此刻她似乎冷静多了,以往的高傲姿态恢复了大半。"我可不想死在一个疯子的枪口下。"她耐心劝诱道,"我了解你,别忘了。真是造化弄人,你的所作所为,让我非常害怕,怕你会真的杀了我。我本来完全可以撤出图书馆的,可是当前形势如此复杂——"

"带我上屋顶。"他打断她的话,"快。"他端起步枪,催她去附近的电梯。

"冷静些吧!"安皱着眉头训斥道,"我们既然讲成了条件,那就不会有任何意外:洛塔会在屋顶上等你。要是你头脑发热硬要开枪的话,那她的命就没有必要留住了,相信你不愿看到这样的结果。"

"是。"他表示同意。她说得对,此时此刻,他需要控制住自己。电梯到了,安·费舍尔挥手赶走持枪保安,大声吆喝着:"都走,都走!"两人乘电梯上升,她鄙夷地训导起了塞巴斯蒂安,"枪,只有一种人最为热衷,那种人用它来填补自我的软弱。瞧瞧你，扛上这家伙，顿时就天不怕地不怕，因为你可以胁迫任何人听从你的意志。乌迪突击队把枪称作vox dei，意思是'上帝的声音'。"她想了想，又说，"我觉得，第二次抓你妻子并扣留她，的确是个错误，那完全是在赌运气。"

"你们杀害廷贝恩警官，是极其残暴的滥杀无辜的行为。"塞巴斯蒂安说，"他究竟对你们做了什么？"

"他做的事就和你现在一样。"安·费舍尔答道，"他持枪冲进这里，朝着几个手无寸铁、毫无威胁的老焚书官一通乱射。"

"冤冤相报何时了。"塞巴斯蒂安的言语中饱含苦涩，"我想，从这一刻起，你就已决心要抓我报仇了，而且同样会不达目的不罢休。"

"等等看吧。"安·费舍尔平静地说，"这事得议事会开会投票决定，再不济也得投票授权我自主决定。"她直视着他。

"图书馆看重暴力。"他说。

"啊，没错，那是自然。实际上，我们非常忌惮暴力；因为我们了解它的效用。我们自身借助暴力时，并非欣然出击，只是认可它立竿见影的效果。看看你今天的成就吧。"说话间，他们已抵达屋顶，电梯停止了上升，门无声地滑开了。"你这杆步枪是哪儿来的？"她好奇地问，"像是我们用的型号。"

"没错。"他说，"我是空手来的。"

"嗯。"安无奈地叹道,"枪不像狗,不会忠于主人。"两人一步步踏上图书馆的屋顶停车场。"她已经到了。"安说着,伸长脖子张望,"我们马上就释放她。跟我来。"她迈开长腿大步走在前面,他快步跟上。带洛塔到屋顶的保安多此一举地躲闪开,溜掉了;而他并未注意到他们:光是安·费舍尔和妻子就占用了他全部的注意力。

见他跟着安来到停泊的飞行车前,洛塔立即问道:"你救出阿纳奇了吗,塞巴斯蒂安? 我偷听到他们的讨论,说他也被关在下面。"

安·费舍尔立即脆生生地插话,"这事没的谈。"

塞巴斯蒂安木然地赶她上了飞行车副驾驶座,自己也随之坐上驾驶座,把步枪递给洛塔。"用这家伙指着费舍尔小姐,别瞄偏了。"他吩咐。

洛塔犹豫道:"我——"

"你能不能活下去,"他说,"就全指望这了,我也是。还记得他们是怎么对待乔·廷贝恩的吧? 都是这个女人的决策,是她亲自下的命令。现在,你可以用步枪指着她了吗?"

"可以。"洛塔低声应道;他看见步枪的枪筒扬了起来,大概是她想到乔·廷贝恩也这样做过吧。"那阿纳奇怎么办?"她又问。

"我没法儿救他了。"塞巴斯蒂安说。他抬高音量,嗓音有些嘶哑，"我创造不了奇迹。能带着你全身而退，已经是大幸中的大幸了。行行好，先放过我吧？"

洛塔没有答话，只是在后座上顺从地点了点头。

他启动飞行车引擎，很快，三人就升上了图书馆上方的天空，加入上午购物人群的车流。

塞巴斯蒂安·赫尔墨斯在市区一座公共建筑屋顶临时停车，放走安·费舍尔，但扣下了她的微型麦克风。随后他再次驾车升空；他和洛塔各自无言，半晌过后，还是洛塔打破了沉默，"谢谢你来救我。"

"我真是运气爆发了。"他简洁地回答。他却没有告诉她，在自己一心只想消灭安·费舍尔的时候，他已经舍弃了初衷，救出妻子其实是无心插柳。不过，他为这个结果感到高兴，也特别珍惜。"电视上插播了乔·廷贝恩的新闻，向公众通报了你们的事。"他继续道，"电视上说，他带着失踪的女子畏罪潜逃了。"

"我永远也忘不了他的死。"洛塔声音萎靡。

"我想也是。那需要很长的时间慢慢化解。"

洛塔说："他们就在我眼前杀了他。我目睹了整个过程，从头到尾。一群小孩，图书馆派来的……很诡异，像梦一样。他朝他们开枪，可他习惯了对付成年人，所以瞄得太高，子弹只擦着他们的头顶飞过。"她再度陷入沉默。

他不知该怎么劝她的好，便笼统地说了一句："管它呢，反正你从图书馆出来了，这次是永远和那里拜拜了。"

"你没救出阿纳奇，"她说，"乌迪教派会生气的吧？真的很可惜……他是那么重要的人物，而我普通得不能再普通；这样对他太不公平了。"

"你是我重要的家人。"塞巴斯蒂安提醒她。

"你用的那些装备都是打哪儿来的？你的动作加速了，还有颗迷幻烟幕弹；我听到讨论说，他们完全被你打了个措手不及。可你平时没买过迷幻剂，而且——"

"乌迪教派给我的。"他用粗哑的声音插话道，"他们给我配了装备，为我找了一个借口，让我直上B区。"

"那他们肯定暴跳如雷了。"洛塔的理解力成熟了不少，"他们那么做，就是盼着你把阿纳奇扛出来，对吧？"

他没有回答，只是专心开车，同时兼顾着前后左右，确保无人跟踪。

"不用你说我也想得到。"洛塔自顾自地说着，"乌迪教派不是有那些力量之子，那些杀手突击队吗？我在报刊上看过相关消息……他们真的存在吗？"

"按某种标准来衡量的话，算是存在吧。"他确认道。

　　洛塔思索半晌，然后说道："也许罗伯茨先生接下来会派他们去图书馆，而不是追杀你。要救阿纳奇就该他们出马，怎么能算作你的任务呢？你又不是突击队员。"

　　"是我自己要去的。"他说。

　　"因为我吗？"她仔细打量起他来，他能感受到她目光的灼热。"因为前一次你没去救我出来吗？这次就是补偿，对吗？"

　　"我尽力了。"塞巴斯蒂安说。他原本也是这么想的。

　　"你爱我吗？"洛塔问。

　　"爱。"爱得至深，更甚于以往；当她坐在他身旁，两人在车内独处，他蓦地意识到了心之所属。

　　"你——讨厌我吗？会不会恨我私自去见乔·廷贝恩？"

　　"汽车旅馆的事吗？"他说，"不。"归根结底，这都是他自己造成的。再说他也和安·费舍尔搞在了一起。"乔横遭不幸，我很难过。"他说。

　　"我永远也放不下他了。"洛塔说道，就像在起誓。

　　"图书馆的人对你做了什么？"他问道，并做好了心理准备。

　　"没什么。他们安排我去一个常驻的精神医生那里看诊，他可能对我的脑袋动了什么手脚。还有那个女的，那个费舍尔小姐还是太太来着——她来跟我聊了一会儿。"

　　"聊了什么？"

"你。"洛塔用她惯常的细弱嗓音继续说道,"她自称和你交往甚密,和你——同床共枕过,全是这种话,说了很多很多。"她又补充道:"不过我当然不会信。"

"贤妻大人明鉴。"他说着,感受到谎言——他的谎言——压在心上的重量。先是骗妻子,待会儿还要骗雷·罗伯茨,他也需要给乌迪教派编个故事。每一方都得好好哄着……塞巴斯蒂安意识到,这将是我今后生活的主旋律。像R.C.巴克利那种奸商一样,瞎话张嘴就来,他想,可是要让我说谎,还真是别扭得很。然而——还是得往下演。

"我不会往心里去的。"洛塔说,"就算你和她的关系真像她说的那样。毕竟,看看我都干了什么……我是指汽车旅馆那事儿。我不会,也不可能,因为男女之间的事讨厌你。"

"嗯,她说的不是真的。"他的答案很简洁。

"她真迷人,那头漆黑的秀发,还有碧蓝的眼睛,比我有魅力多了。"

塞巴斯蒂安说:"我觉得她很恶心。"

"因为乔的事吗?"

"除那以外,还有其他原因。"他却没有具体解释。

"咱们现在是去哪儿?"洛塔问。

"回共管公寓。"

"你要给乌迪教派打电话吗？告诉他们——"

"他们会打来的。"塞巴斯蒂安说道，他已经麻木了，泄气了。

18

彼时,我将超越天性的力量,逐渐向造物主靠拢。我来到记忆的原野与宽敞的殿堂。

——圣奥古斯丁

回到共管公寓,他先给公司打去了电话,确认它仍在正常营业。接电话的是谢丽尔·维尔。"赫尔墨斯魔瓶。"她语调轻快。

"我今天不来。"塞巴斯蒂安说,"大家都在吗?"

"除了你都在。"谢丽尔答道,"啊,赫尔墨斯先生——鲍勃·林迪要跟你说两句,他想详细讲讲图书馆方是怎么从他手上抢走阿纳奇的。你有没有空——"

"我稍后再跟他聊。"塞巴斯蒂安说,"不急。你好。"他挂了电话,心情糟透了。

"我一直在想,"洛塔说着,坐到他对面的沙发上,脸上流露出焦虑的神情,"既然图书馆对乔·廷贝恩及其行动进行复仇,那他们对你的态度应该也一样。"

"这一点我想到了。"塞巴斯蒂安说。

"还有力量之子。"洛塔说,"恐怕——"

"对。"他粗暴地打断了她的话。所有人,他想,罗马方面、图书馆、乌迪教派——他凭借一己之力成功将各方结为统一战线,以他为敌,无一例外。甚至包括洛杉矶警署在内,他想,他们也许会因为乔·廷贝恩和我妻子在汽车旅馆过夜,而认为我有杀死他的嫌疑,把作案动机安在我头上。

洛塔问:"有谁能帮到你吗?"

"没人了。"他回答。这种感觉很可怕,令人心悸。"除了你。"他纠正道。毕竟洛塔如今已失而复得,那便是极大的宽慰了。

但还不够。

"我们可能得出去躲一躲。"洛塔继续道,"你和我,去别的地方。他们杀害乔的场面——我还历历在目;那样近距离地目睹,真是想忘也忘不掉。我还记得他们的脚踩过屋顶,啪嗒啪嗒的,然后其中一个,就是那个小孩,倒吊下来往窗子里瞧。乔有枪,也知道他们来了——但还是无济于事。我想,咱们应该离开洛杉矶,或者离开西美联邦,甚至逃出地球。"

"移民火星吗?"他沉吟道。

"乌迪教派的势力还没渗透到那里去。"洛塔说,"联合国是唯一的管理机构,据我了解,他们把殖民地聚居区管理得非常好,一切尽在掌控。他们一直在招募志愿者,每天傍晚都在电视上打广告。"

"一旦移民过去,就回不来了。"他说,"这是法律文件签署之前必读须知中的一条。航程是单向的。"

"我知道,但那至少是条活命的出路,我们也不会突然在哪天晚上听见屋顶或者门外传来闹心的响声。我觉得你真的应该救阿纳奇出来,塞巴斯蒂安,那样至少还能争取到乌迪教派的帮助。现在这样子——"

"我尽力了。"他机械地重复着这一句,"你也听到安·费舍尔的话了,他是无论如何也讲不下来条件的。我做了最佳的利益交换——带上你,然后就赶紧跑路了。雷·罗伯茨必须接受这个结果,木已成舟了。"但他心里知道,自己从来没有在哪一刻真正做出过解救阿纳奇的努力。他一心一意只想着洛塔。正如罗伯茨所说,这种反应近乎生理驱动。罗伯茨害怕它露头,而到头来也正如罗伯茨所料,这种驱动占了上风。他刚一踏入图书馆,所有关于"历史超验价值"的规劝便成了耳旁风,消散在迷幻剂手榴弹的烟幕里。

"我真的蛮期待去火星。"洛塔说,"咱们以前讨论过,还记得吗?那里的生活应该挺令人向往……踏上异星,会对宇宙产生一种难以捉摸的感悟,感念于它的浩瀚与宏大。人们都说,要亲自体验过才能领会。"

"我唯一能干的工作,"塞巴斯蒂安声音嘶哑,"是用鼻子。"

"搜寻即将复活的逆生者?"

"你知道那是我唯一的天赋。"他摆摆手,"可它在火星上有什么用处?火星上霍巴特时相的测值非常弱,接近于零。"正因如此,他还有另一个顾虑。到了那里,他会回归正常的衰老进程,这对他的杀伤力将很快凸显:顺时而下,再过没几年他就得病死。

而洛塔的情况自然不一样。正常的时间流逝下,她还能活上几十年;实际上比在霍巴特时相影响下活得更久。

但是,他想,就算马上要重新入土,又有什么大不了呢?我都经历过一次了,死亡并没有那么糟糕。从某些方面来看,倒不如主动迎接它……永恒的长眠,从所有负担中完全解脱。

"这倒是。"洛塔承认,"火星上没有逆生者,我给忘了。"

"那我得去下苦力,或者做底层小职员了。"他说。

"不,我认为你的管理能力,还有组织才能,都具有充分的价值。他们肯定会让你接受职业倾向测试,我相信一定会的。所以他们能了解到你各方面的多种能力。是吧?"

他说:"你果然年轻向上。"而我,他想,充满年老的绝望。"那就等等吧,"他做了决定,"等我和雷·罗伯茨通过话再说。也许我能编个故事骗他相信。我的意思是,"他订正了措辞,"也许我能让他理解我当时的处境。而且,就像你说的,他们的突击队兴许能救出阿纳奇。这任务真的只能靠他们来完成,我不行。我也会特别指出这一点。"

"祝你好运。"洛塔的语气中带着伤感。

时针还未走到下一个数字,雷·罗伯茨的电话就打来了。

"看来你已经回家了。"罗伯茨说着,用犀利的眼神审视塞巴斯蒂安——眼光中满是挑剔的意味。他似乎极度紧张,怀揣着期待,兴奋异常,"结果怎么样?"

"不太妙。"塞巴斯蒂安仔细斟酌答语;他必须把托词圆得完美无缺,不能有丝毫的闪失。

"阿纳奇仍然被软禁在图书馆。"罗伯茨说。

"我都到他跟前了,"塞巴斯蒂安说,"却没能——"

"那你妻子是怎么回事?"

他谨慎作答,气氛凝重得如同墓地,"我确实救出了她,但只是凑巧。他们——图书馆的领导——正好决定释放她。我没有提这个要求，我之前说过，这个条件是他们直接给的。"

"卖主讲和。"罗伯特说，"你以撤出图书馆为条件，得到了洛塔。一切和平解决。"

"不是的。"他争辩道。

"听起来就是。"罗伯茨继续面无表情地打量着他，警惕的黝黑面容上没有现出半分波澜。"你被收买了。而且——"他的音调变得尖锐，"他们一般不会这么做，除非你有很大的希望救出阿纳奇。"

"这是安·费舍尔提出来的。"塞巴斯蒂安回嘴，"我正要杀她的时候，她谈了这个条件赎命。我一路押着她，甚至——"

"你有没有想过，"罗伯茨穷追不舍，"这其实正是图书馆方再次绑架你妻子的原因？他们扣她作人质，就是为了压制你。"

"她让我选择，"塞巴斯蒂安固执地继续讲述着，"要么——"

"他们看穿了你的心思。"罗伯茨一针见血地说，"他们有心理专家，了解你的软肋在哪儿。安·费舍尔并不怕死。全都是演戏，她不是要'谈条件赎命'，而是借机引开你，远离阿纳奇。如果安·费舍尔真的怕你，她根本不会在你眼前晃来晃去。"

塞巴斯蒂安不情愿地承认，"你的分析——也许是对的。"

"你到底还是见着阿纳奇了吧？确定他还活着？"

"对。"塞巴斯蒂安说。他感觉对方的气场逼得他冷汗直冒，腋下，背上，涔涔沥沥。他感觉毛孔想把汗珠全吸回去——但是没用，积聚得太多了。

"焚书官还在折磨他？"

"有——焚书官守着他。对。"

"你应该知道，你改变了人类历史。"罗伯茨侃侃而谈，"或者说，你没能修正人类历史。你曾经有这么一个机会，却与它擦肩而过。你本可以作为复活并拯救阿纳奇的复生公司所有人而名垂千古，被乌迪教以及世间万民永远铭记于心。若你成功，宗教信仰将建立起全新的基础，唯心的信念被确凿的真相取代，一大批全新的经文典籍将会问世。"雷·罗伯茨的声音中没有掺杂一丝愤怒；他言辞冷静，只是罗列已知事实，塞巴斯蒂安无可否认的事实。

"跟他说你可以再去一趟！"洛塔着急地在身后支着儿。她将手放在他肩上，轻轻地揉捏着，给他鼓劲。

塞巴斯蒂安便说："我可以再回一次图书馆。"

"我们上次派你去，"罗伯茨说，"是向贾科梅蒂妥协的结果，他要求我们避免使用武力。现在，你参与的那起行动已经流产，我们可以自由派出狂热分子了。不过——"他顿了顿，"他们也许只能找到一具尸体。正如贾科梅蒂昨晚向我指出的那样，只要第一个力量之子进入图书馆区域，馆方立即就能辨识出他的身份。尽管如此，我们别无选择。我们不可能与他们谈判，也没有任何筹码或者承诺能诱使图书馆释放阿纳奇。这和赫尔墨斯太太的情况不同。"

"嗯。"塞巴斯蒂安应道，"很荣幸能和您通话。很高兴能了解当前的情况，感谢——"

屏幕突然暗淡下去。雷·罗伯茨已经挂了电话，没有致意。

塞巴斯蒂安手握听筒呆坐了一阵，然后才慢慢地将它放回叉簧上。他感觉自己老了五十岁……而且累了一百年。

"你知道吗？"他随即对洛塔说，"当你在棺材里苏醒时，首先袭来的是一种诡异的疲乏感。你的大脑一片空白，躯体僵滞不动。然后你有了意识，你想说话，想做动作。你想大叫，想挣扎，想出去，但身体还是没有反应；你无法说话，动弹不得。那样要持续——"他估算了一下，"大约四十八小时。"

"那种感觉很难受吧？"

"那是我体验过的最糟糕的经历，比死还要痛苦得多。"他想，而我现在的感觉和那时相差无几。

"要不我给你准备点儿热米共什么的吧？"洛塔贴心地问道，"好吗？"

"不用，"他说，"谢谢。"他站起身，慢慢走过客厅，来到临街的窗前。他说得对,他告诉自己,我没能修正人类历史;我把自己的个人生活放在首位——却断送了其他人类同胞的未来,尤其是乌迪教徒。我毁灭了世界神学渐成雏形的整个基础。雷·罗伯茨所言不差!

"其他想要点儿什么吗?"洛塔轻声问。

"我没事的。"他说道,凝视着下方街道上的行人以及拥挤如沙丁鱼一般的地表车辆。"那种躺在棺材里的感觉,"他继续道,"最糟糕的地方莫过于,你的大脑已经苏醒过来,但身体还是死的,你能感觉到意识和肉体的分离。真正死亡的时候反而没有这种感觉,意识和身体完全脱离了联系。可是临复生前——"他的手痉挛了一下,"活着的意识被禁锢在躯体内,困在里面,感觉身体似乎永远也不会活过来,漫长的等待好像总也望不到头。"

"可你知道这种事不会再来一次了呀。"洛塔说道,"全都过去了。"

塞巴斯蒂安呜咽道:"可它一直留在记忆里。那段经历仍然纠缠着我,"他敲敲额头,狠敲了好几下,"一直赖在这里不走。"他默默对自己坦白,每当我真正害怕到极点的时候,它总要从脑海中冒出来,浮上水面,逼我直面它。它是我内心恐惧的化身。

"那让我来准备移民火星的申请吧。"洛塔说道,仿佛用读心术理解了他的内心似的,"你去卧室躺下休息,我来打电话。"

"你那么讨厌打电话,你忘啦?"他说,"你有电话恐惧症,可视电话就是你的噩梦。"

"这次我一定能做到。"她的手温柔地推着他走向卧室。

19

然此物不知止息；它四处逃逸，从不停留；谁人能以肉眼凡躯跟随？

——圣奥古斯丁

塞巴斯蒂安·赫尔墨斯睡着了。他梦见坟墓，梦见自己再次仰卧在逼仄的塑料棺椁中，被泰迷你公墓的黑暗包裹。他一遍又一遍地呼喊着："我叫塞巴斯蒂安·赫尔墨斯，我要出去！上头有没有人听见啊？"他在梦中闭目细听。紧接着，他此生第二次感觉到脚步带来的重量变化；远远地，有人正朝他的坟墓走来。"救我出去！"他尖声喊道，一遍又一遍，身体贴着那狭窄的塑料壁使劲挣扎，像一只湿了翅膀的昆虫。绝望。

　　现在有人在掘墓，他感受到了铁锹的冲击力。"让我透透气！"他张口想喊，然而棺内已没有空气，他无法呼吸，憋得难受。"快！"他又喊，但没有空气传递他的声音；他躺在那里，身体遭强大的真空挤压而破碎；压力无声地增长，直到他肋骨尽裂，他清晰地感觉到骨头一根接一根地折断。

　　"只要你们能救我出去，"他张开口，无声地表达心中所想，"我一定回图书馆找到阿纳奇。成吗？"他侧耳倾听，挖掘仍在继续："咚咚"的闷响按部就班地传来。"我保证！"他喊道，"那就说定了？"

　　铁锹的薄刃在棺盖上剅蹭。

　　他心中默念：我承认，我是有机会救他出来，但最终却选择了带走妻子。阻挠我的不是他们，而是我的私心。但我下次不会了，我保证！他仔细聆听，此刻，来人开始用螺丝刀拆起了棺盖，那是他与阳光、空气之间最后的屏障。下次一定不再这样，他暗自发誓，行行好吧！

　　伴随着沉重的响声，棺盖被拖开了。光线洒进来。他抬眼，只见一张脸正凝神俯视着他。

　　干瘪的苍老面孔，脸色发青，表皮皱皱巴巴。阿纳奇。

　　"我听到了你的呼唤，"阿纳奇说，"所以放下手中事务前来相救。我能帮上什么吗？你是否想知道今时的纪年？现在是公元前4年。”

“什么？”塞巴斯蒂安问，“那意味着什么？”他感觉这个年份仿佛代表着深远的意义，心中涌起了敬畏之情。

阿纳奇说：“你是全人类的救世主。你要救赎全人类。你是世间所降生的最重要的人。”

“我要怎么做，才能救赎全人类？”塞巴斯蒂安问。

“你必须再死一次。”阿纳奇答道。然而就在这时，梦境忽然变得缥缈朦胧，他逐渐清醒，感觉到自己睡在共管公寓的床上，身边人是洛塔；他恍惚觉得刚才做了梦，那个梦正慢慢淡去——留给他一种说不清道不明的念想。

好像是一则信息。他思索着，翻身坐起，推开被盖，踉踉跄跄起身站在床边，绞尽脑汁地努力回忆梦境内容。

我必须什么？他问自己，阿纳奇想跟我说什么？死？他对这场梦印象不深，只记得那种被缚的无力感以及无比深沉的负罪感，他不该把阿纳奇丢在图书馆；而这些本就是他清醒时的感受。坏大事了，他阴郁地想着。

他跌跌撞撞走进厨房——发现餐桌边坐了三个身穿黑色缎袍的人。三个力量之子。三人的神色显得疲惫而烦躁，他们面前的桌子上积了一堆揉皱的手写便条。

"就是这人，"他们中的一个指着塞巴斯蒂安说道，"浪费了大好机会，把阿纳奇丢在了图书馆。"

三个力量之子齐齐盯着塞巴斯蒂安，疲倦的脸上悲愤交加。

发言代表开口向塞巴斯蒂安解释："我们今晚要针对图书馆展开行动。不是小打小闹，我们要架起加农炮，用核弹把它轰个稀巴烂。就算救不出阿纳奇，至少也要拼个鱼死网破。"他的语调充满了唾弃和愤慨。

"你们没有把握能潜入进去再成功撤出吗？"塞巴斯蒂安问。他们的计划如此粗暴，令他大为惊骇。无政府主义。不去设法救阿纳奇，而是直接摧毁图书馆，大方向完全打偏了。

"有一线渺茫的希望，"发言代表承认，"所以我们特意来咨询你；我们想了解你找到阿纳奇时的具体位置，馆方的警卫措施如何……包括人数和装备水平。当然，到我们进攻时，一切都会变样——说不定现在都已经全部升级了——但可能也会有一些信息能用得着。"他打量着塞巴斯蒂安，等待对方回应。

洛塔睡眼惺忪地出现在塞巴身后的厨房门口。"他们是来杀我们的吗？"她问道，双臂环抱住他的胸膛。

"应该不是。"塞巴斯蒂安说着，拍拍她的胳膊，尽力宽慰她，然后又抬头和力量之子交谈，"我印象中装备武器的只有图书馆保安。我不记得是在哪间办公室找到了他，只记得是倒数第二层。好像是间普通的办公室,和其他的没区别,可能是随便选的一间。"

"出来以后,你梦见过阿纳奇吗?"发言代表问了个出人意料的问题,"听说他生前偶尔会托梦和信徒交流。"

"没错。"塞巴斯蒂安谨慎地回答,"我确实也梦见了他。他跟我说了一些话,是关于我自己的,说我有一项使命。他提到,在公元前4年,我要完成那项使命,成为全人类的救世主。"

"没什么有效信息。"力量之子的发言代表评论道。

"不过,从某种意义上说,话倒是没错。"另一个力量之子开口,"如果他救出了阿纳奇,那他就成了全人类的救世主。这是阿纳奇的意愿,即使他不托梦我们也知道。"他怒气冲冲地飞快记着笔记。

"你错过了机会,赫尔墨斯先生。"发言代表说,"你人生中触手可及的机会。"

"我明白。"塞巴斯蒂安木然地回答。

"要不咱们还是杀了他吧。"第三个力量之子说,"现在就杀死他们俩,别等到突袭图书馆之后。"

塞巴斯蒂安顿时感觉脉搏仿佛停止了,身体也皱缩起来,没了生气,与当初躺在泰迷你公墓时的感受如出一辙。他没有吱声,只是紧紧抱着洛塔。

"不急，他可能还有用。"发言代表淡淡地说完，又再次打量着塞巴斯蒂安，问道，"你有没有遇到任何一种比激光枪和自动步枪更强力的武器？"

"没有。"塞巴斯蒂安僵硬地摇摇头。

"他们好像没有用力场或者现代防御机制保护高度敏感的图书馆顶层。"

"他们用的全是手持武器。"塞巴斯蒂安说。

"图书馆保安用的是什么样的警报系统？无线电吗？"

"对。"他再次点头。

"他们没用神经毒气去阻拦你吗？"

塞巴斯蒂安说："只有我使用了毒气，是教宗和罗马方面提供的。"

"嗯，我们了解你的装备情况。"发言代表把玩着手里的铅笔，舔了舔嘴角，凝神思考。"他们有防毒面具？"

"一部分人有。"

"这么说来他们拥有某种毒气弹，以备遭遇全面入侵的情形。等我们的第一颗炮弹击中大楼，届时，里面会出现的可能不止小型的手持武器。"他又像那样若有所思地打量着塞巴斯蒂安，"我不信。我的意思是，我相信你的话——但我知道，他们的防御比展示在你面前的要强得多。真的，他们只是没有去尝试阻止你。如果你是团队作战而不是单枪匹马的话,救出阿纳奇的胜算会大得多。"他转头继续和两个同伴讨论,发表见解,"图书馆仍然是个谜。四十八小时内,两次被人闯入,带走了洛塔·赫尔墨斯。而阿纳奇就坐在那里,仿佛近在咫尺,就像一个随时可以触发政界大地震的机关。照我看,阿纳奇已经死了,赫尔墨斯看见的不过是一个预先准备好的拟形机器人。"

一个同伴表示异议,"但是赫尔墨斯做了那样的梦,就意味着阿纳奇大人还活着,仍在世上,虽然可能不在图书馆。"

洛塔离开塞巴斯蒂安身边,来到厨房饭桌旁,在三个力量之子对面坐下。"乌迪教派难道就没能——"她比画着,一时想不到合适的词,"派你们的成员——怎么说呢,去入职。做间谍。"

"他们采用准心灵感应式探针筛查应聘人。"发言代表说,"我们行动过几次,每次派出的勇士都被他们就地枪杀,只收回一具尸体。"

"你也不能自称是一本书的创作者了。"塞巴斯蒂安叹道。

"这个借口你用过了。"发言代表尖锐地指出,"那是我们几个月前就准备好的行动方案,因为罗马方面横插一脚,才交给了你去执行。我们……力量之子,对此并不满意。赫尔墨斯,雷·罗伯茨也许想不通你为什么失败,但我们心里明白得很。我们知道图书馆武力雄厚,智囊团更是了不起;虽然我们会遵照罗伯茨的命令,杀你为阿纳奇偿命……但要问我们的意见,你成功的机会简直比轻烟还要渺茫。"

塞巴斯蒂安声音嘶哑地说:"可是我根本都没去尝试。"

"无所谓。毕竟你也看到了,他们有拟形机器人,还有更加精密的武器,专等你胜利在望之时粉墨登场。他们这么爽快就放弃武力了吗?你竟然带上妻子活着出来了,却没有救出阿纳奇。"

"这是他们提的条件。"塞巴斯蒂安说。

"这是个圈套,"力量之子的发言代表说,"想引诱我们发起神风式袭击,诱使整个力量之子部队倾巢出动。也许阿纳奇已经被转移至数英里之外,到了海滨地区靠近俄勒冈的某个分馆,或者西美联邦八十多个分馆中的任何一处。"他沉吟道,"也有可能在某个焚书官的私人宅邸,或者酒店。你认识图书馆的高层领导吗,赫尔墨斯?焚书官、图书馆员之类的,我是指私交。"

"我认识安·费舍尔。"他说。

"挺好。图书馆馆长的女儿,议事会临时主席。"力量之子点点头,"你和她交情有多深?说清楚,这则信息很关键。"

"先别管你老婆。"另一个力量之子开口,"正事要紧。"

塞巴斯蒂安便说:"我和她上过床。"

"啊。"洛塔倒抽一口凉气,"看来她跟我讲的都是实话啊。"

"我承认。"塞巴斯蒂安说。

"是吧。"洛塔声音凄楚,她埋头双手捂脸,揉了揉前额,又仰头呆呆地望向他。"能不能告诉我,你为什么——"

"你们死前会有时间讨论这个的。"力量之子的发言代表插进话来,"你觉得能找到借口引诱安·费舍尔离开图书馆,以便我们给她植入心感探针吗?"他问塞巴斯蒂安。

"能。"他应承下来。

"你要怎么跟她说呢?"洛塔黯然,"又想和她上床吗?"

"我准备说,"他解释道,"力量之子已收到指示要杀我们,我想代表咱们俩向图书馆申请庇护。"

发言代表指指客厅里的可视电话,说道:"快打。"

塞巴斯蒂安来到客厅。"她在图书馆外面有套公寓。"他说,"她带我去过。比起我家,她可能更愿意在那里见面。"

"哪儿都行。"发言代表说道,"只要能让我们活捉她并植入探针。"

他在可视电话旁边坐下,拨通了图书馆的号码。

"人民主题图书馆。"接线员即刻应答。

他把可视电话转了个角度,以免摄像头拍到公寓厨房里的四人。"请找安·费舍尔小姐。"他说。

"请问是谁来电呢?"

"跟她说赫尔墨斯先生。"他坐着等待。屏幕此时变成空白,随后又伴随着嚓嚓声重新亮起，显示出安·费舍尔的迷人脸庞。

"再见，塞巴斯蒂安。"她轻声应道。

他开口："我被人打上了追杀的标记。"

"力量之子？"

"对。"他说。

"喔，塞巴斯蒂安。"安的声音很清晰，"我真的认为你是咎由自取。你这个不仁不义之徒，闯进图书馆又不去救阿纳奇——你的装备还是乌迪教派提供的呢，我们认出来了——受人之托不去完成——"

"听我说，"他粗暴地打断了她的话，"我想跟你见个面。"

"我帮不了你。"她语调轻快，不带任何感情；他身处的困境并未唤起她的恻隐之心，"你做了那样的事——"

"我们想请求图书馆庇护。"塞巴斯蒂安说，"我和洛塔。"

"嗯？"安扬起细眉，"好的，我可以问问议事会，我知道以前在极个别情况下有过先例。你别抱太大希望。鉴于你身份特殊，我怀疑他们不会同意。"

这时，洛塔出现在塞巴斯蒂安身边，从他手里快速夺过听筒说道："我丈夫组织能力非常优秀，费舍尔小姐，我知道，你可以用得上他的能力。我们原本计划去联合国申请移民火星，可是力量之子已经摸上门来了，等不到接受体检拿护照，我们就得被杀死。"

"力量之子联系过你们了?"安问道,她现在似乎来了一点儿兴致。

"对。"塞巴斯蒂安答道,拿回电话听筒。

"那他们是否有针对阿纳奇的行动计划。"安的声音冰冷无情,"你知道吗?"

"他们倒是提了一嘴。"塞巴斯蒂安小心翼翼地展开。

"哦? 说说看。"

"见了面再细聊吧。"他说,"来我的共管公寓,或者去你那儿也行。"

安·费舍尔有些犹豫,她稍做盘算,然后做了决定,"两个小时后来我家找我。你还记得地址吗?"

"不记得了。"他说着,伸出手去,一个力量之子迅速递来写字板和笔。

她念完地址就挂了电话。塞巴斯蒂安坐了一会儿,接着僵硬地起身。三个力量之子无言地盯着他。

"已经安排停当。"他说。我终于能得偿所愿了。他暗自思忖,不管结局如何,不论他们是否夺得阿纳奇。"给。"他把写有安·费舍尔家地址的纸条递给了发言代表,"我需要做什么? 要带枪去吗?"

"她家门口可能装有标准光束扫描系统,"发言代表一边查看地址,一边说道,"任何武器都会触响警报。别轻举妄动,只进屋跟她聊聊天。我们会把毒气手榴弹之类的从窗子扔进去……这些不用你操心,由我们负责。"他沉思片刻,"也许热向镖也行。你俩都会中招,但不会有大碍,我们会把你俩都救醒。"

洛塔于是问发言代表,"如果我丈夫照你们说的给予协助,能不能饶我们一命?"

"假如赫尔墨斯辅助我们夺回阿纳奇,"力量之子的发言代表说,"我们将减轻雷·罗伯茨亲自下达的死刑判决。"

塞巴斯蒂安感到背脊发凉,"原来,竟然那么正式。"

"没错。"发言代表点头道,"这是乌迪长老正式会议决定的。教宗本人也从灵修巡礼中抽出时间来参与了决策。"

"你真觉得你能把费舍尔小姐引出图书馆吗?"洛塔问塞巴斯蒂安。

"她会出来的。"他说。不过,力量之子能否抓到她——那是另一码事了,他想。他对安·费舍尔的警惕性评价很高,她可能早已准备好要应对这样的情况。毕竟,安清楚他对她的态度。

他们不会审问她。他想道,但又在冥冥中觉得,她会施展出某种无人能想象的绝招反杀刺客,说不定还把他也捎带上。但是,他又想,安·费舍尔也可能死。想到这里,他心中快慰多了:

在种种可能之外,这个辣手摧花的预想结局倒合他心意。我是绝对不可能亲手杀死她了。他想,我没那个能耐,天生不是杀人越货的料。但力量之子以及乔·廷贝恩则不同,杀戮是他们的老本行。

他感觉心里无比踏实。他已经把乌迪杀手的目标转向了安·费舍尔:真是伟大的胜利。

利用安,为他和洛塔换得了一线生机!

20

由是，当他们起而存续，越是迅速壮大却越发南辕北辙。

——圣奥古斯丁

两小时后，塞巴的飞行车停在了安·费舍尔公寓的楼顶上。他坐在车里回顾此生，细数一桩桩已成的和未竟的计划。

他闭上双眼，回想阿纳奇的模样，努力复现几小时前那个戛然而止的梦。你必须……这是阿纳奇当时的话。你必须做什么？他思索着，尽力引导梦境从那个节点继续向后发展。他在脑海中再度描绘出了那张又干又瘦的皱巴巴的脸、深色的双眼，以及口吐珠玑的嘴——满满的都是现世与超尘的智慧。你必须再死一次。他想,是这样吗?还是让我再活一辈子?他寻思着是哪一个,但梦却不肯接续下去;他终于放弃了,坐直身体,打开车门。

只见身穿洁白棉袍的阿纳奇就站在停车位旁,等他下车。

"我的天!"塞巴斯蒂安低呼。

阿纳奇微笑着说道:"抱歉早先和你的交谈意外中断,现在咱们可以继续了。"

"你——从图书馆逃出来了?"

"我仍然被他们关着。"阿纳奇说,"你现在看见的,基本上属于幻觉;你含在嘴里的迷幻气雾解药胶囊没能完全起到中和毒素的作用,我就赶上了这次毒气行动的尾巴。"他脸上笑意更浓,"你相信我吗,塞巴斯蒂安?"

塞巴斯蒂安回答:"可能是有少量气体侵入了我的神经系统。"但阿纳奇看起来有血有肉的样子,他不禁伸手去摸……

摸索的手穿过了阿纳奇的身体。"看见了吧?"阿纳奇说,"我的意识可以离开图书馆,以幻象出现在人们的梦里或者药物引起的幻觉中。但我的肉身还在馆内,他们随时可以杀了我。"

"他们有那个打算?"他声音粗哑。

"对。"阿纳奇点头道,"因为我不可能放弃我的观点,以及那一门特别的学识。在死亡期间得到的启迪令我难以忘怀,正如你发觉自己被埋在地下时的恐惧无法抹去一样。有些记忆会伴随一生。"

塞巴斯蒂安于是问道:"我能做点儿什么吗?"

"几乎帮不上什么。"阿纳奇回答,"力量之子说得对,你的确没有机会带我离开图书馆;我是个人肉诱饵,身上绑了自杀炸弹,只要你扶我站起来,炸弹就会炸死我们俩。"

"你这么说,"塞巴斯蒂安叹道,"只是为了能让我心里好受些吧?!"

"我是在告知你事实。"阿纳奇说。

"那现在要怎么做呢?"塞巴斯蒂安问,"我听凭你吩咐,尽量办到。"

"去跟费舍尔小姐见面。"

"没问题。"他说,"力量之子正等着她呢。我跟你一样是个人肉诱饵,不过目标是她。"

阿纳奇却说:"放过她。"

"为什么?"

"她有权利活着。"阿纳奇此刻似乎很平静,他再度露出微笑。"我已经没有救了。"他说,"力量之子能炸毁整个图书馆,它将会全部——"

"可是,"塞巴斯蒂安说,"我们公司也不会放过她的。"

"也许他们在炸平图书馆的时候就会连带她一起炸死。"阿纳奇说,"但她一样有活下去的权利。"

"他们炸他们的,"塞巴斯蒂安说,"我这样做是要亲手结果了她。"

阿纳奇劝道:"其实你并不恨安·费舍尔。事实恰恰相反,你深爱着她,爱得不可救药。所以你才心急火燎地要让她不得好死:她勾走了你的心,你把大量的珍重的情感都真正倾注在她身上了。杀她并不能修复你和洛塔的关系;你必须在这屋顶上等她开车过来,跟她见面,警告她不要进公寓。明白吗?"

"不明白。"塞巴斯蒂安说。

"总之,你必须警告她别回图书馆,还要把袭击计划也透露给她,让她安排图书馆人员疏散。攻击将在今晚六点发动,至少力量之子当前的行动计划是这样。我想他们多半会照此执行;你也是这么看的,杀戮是他们的本行。"

听到自己的心思被人抖搂出来,他震惊不已,内心极度不安。迟疑半晌,他才开口道:"我觉得安·费舍尔怎么说也没那么重要,我认为重要的还是你——得保障你的人身安全。乌迪教徒的决定是绝对正确的,确有必要把图书馆炸成碎片,只要能换来机会——"

"可事实是换不来。"阿纳奇接过话,"根本没有机会。"

"这么说,你的教义都要消失了,你经历生死得到的对终极现实的理解,都要被焚书官刊除了。"他感觉浑身无力。

"我正以意念体形态出现在罗伯茨先生面前,"阿纳奇平静地说,"和他高频度交流着,在有限的程度上启发他。因此,我全新的领悟将会有一大部分通过他传递给世界。此外,你的秘书维尔小姐也持有转写自我的口述的大量笔记。"阿纳奇似乎毫不忧心,事实上,他周身还散发出超凡入圣的光环。

"我真的爱安·费舍尔吗?"塞巴斯蒂安问。

阿纳奇没有作答。

"大人。"塞巴斯蒂安催促道。

阿纳奇扬起手,指向午后的天空。做这个动作时,他的幻象摇曳了一下,透出了身后的车辆,随后,他便渐渐淡去了。

屋顶上方,一辆飞行车滑翔而来,准备着陆。

她来了。塞巴斯蒂安意识到,这不可能是别人。

飞行车一着陆,他便迎了上去。来到车旁,只见安·费舍尔正卖力地鼓捣着安全带,又扭又扯。"再见。"他打了个招呼。

"再见。"她心不在焉地应着,"这条该死的安全带,每次都这么费事。"她抬头瞟他一眼,蓝色的眼眸顿时变得凌厉,"你的样子真怪,像是有话不能说一样。"

他便问:"咱们在这儿聊聊,好吗?"

"为什么在这里聊?"她的眉毛拧成一团,"解释一下。"

"阿纳奇对我显灵了。"他说。

"喊,显个口气的灵。告诉我力量之子在搞什么,要想在这儿讲也行。快说!"她眼中冒出不耐烦的凶光,"你有点儿不对劲儿,我看得出来。他真对你显灵了吗?别拿迷信唬人,他现在仍然被锁在图书馆里,六七个焚书官守着他呢。你是被乌迪教徒洗脑了吧,他们总觉得他可以在任何地方随意显灵。"

塞巴斯蒂安说:"放了他。"

"他会对社会结构造成危害。他那个疯子,不过是头复活的狒狒,满嘴的天书神谕。你真该像我那样在他身边待一阵,听听他都说些什么。"

"他说了什么?"

安·费舍尔答道:"我可不是来跟你讨论这个的。你之前说,你知道乌迪狂热分子的动向。"

他坐上她车里的副驾驶座,说道:"我认为阿纳奇足可与甘地比肩。"

安叹了口气。"好吧。他说世间并无死亡,死亡不过是种幻象。时间也是幻象,出现过的每个时刻从未流逝。总之——据他讲,时间也没有什么出不出现这一说,它们一直存在。宇宙是一组由现实构成的同心圆,圆圈越大,所需求的绝对真实就越多。这些同心圆最终形成上帝,他是万物之源,离他越近的事物就越真实。我想,这倒符合辐射原理。邪恶不过是次等的现实,是距离上帝较远的圆圈,因缺乏绝对真实而产生,而非存在邪神的缘故。二元论站不住脚,因为不存在邪恶与撒旦。邪恶也和腐朽一样,不过是幻象。他不停地引用古代那些中世纪哲学家的只言片语,例如圣奥古斯丁、埃里金纳、波伊提乌、圣托马斯·阿奎那,等等——还说他头一回领悟了他们的思想。好了,够了吧?"

"我还想听,再回忆一些吧。"

"我干吗要给你转述他的教义? 我们图书馆整个的职能是要刊除它,而不是宣扬它。"她从车上的烟灰缸里拿起一截烟头点燃,接着迅速地往里吐了几口烟雾。"来吧。"她闭上眼睛,"'理型'即是形式,类似于柏拉图所称的'理念',即绝对的真实。柏拉图的观点没错,的确存在永恒的真实。理型刻印在消极物质上;物质并非邪恶,它只是客观、被动,例如黏土。同时,也存在反理型,它是形式毁灭的因素。这便是人们所经历的邪恶——形式的腐坏。然而,反理型是虚幻的,可感不可知;形式一旦产生,便永恒存在,但它持续不断地进行着演化,使我们无法辨识得出。举例说,儿童转变为成人,或者我们当下成人转变为儿童的现象：从外表看，成人消失了，但实际上，那个普遍理型，那个理念，那个形式——仍然存在。问题在于感知，我们的感知有限，因为我们只能从片面的角度观察事物，参考莱布尼茨的单子论。能明白吗？"

"能。"他点了个头。

"没什么新鲜的。"安说，"不过是杂众家之言再改头换面罢了——普罗提诺加上柏拉图，再加上康德和莱布尼茨，以及斯宾诺莎。"

塞巴斯蒂安评论道："大多数人其实都不太求新求变。新东西出现之际，人们往往要先观望它的前景。"

"你死过一次，难道就没有类似经历吗？"

"死亡经历其实跟生活经历差不多，每个人都不同——"

"也是，就像莱布尼茨的单子那样。"她把抽完的烟放进包装纸盒，与其他完整的香烟排列在一起。"这样总算够了吧？"她等着对话结束，不耐烦地挺起身子。

"而这门教义，"他继续道，"你也想刊除。"

"咳，如果那教义属于真理，"安说，"我们是无法销毁它的。所以你这张嘴没事不用瞎哔哔。"

塞巴斯蒂安切入主题，"你一旦进公寓，你就会触发力量之子的陷阱。"

她眼中星芒闪烁，"这就是你来找我的原因？"

"对。"他说。

"你改变主意了？"

他点点头。

安伸过手来，按了按他的膝盖，"我很感谢。好的，我这就躲回图书馆去。"

"图书馆也得立即疏散。"他说，"一个人也别留，今晚六点前全撤。"

"他们是打算用黑区运来的某种重型武器炸了那里吗？"

"他们有原子加农炮，核弹头。他们清楚自己已经无法夺回阿纳奇，于是决定夷平图书馆。"

"复仇一向是他们的精神氮泵。"安说，"自打马尔科姆·艾克斯①被刺杀的年代起就没变过。"

他仍是点头。

"那，你个人的态度又是怎样呢？"她问道。

"我已经放开了。"他只说了简单的几个字。

"你半道截我回去，他们一定会暴跳如雷。"安说，"既然他们之前就已经对你心生不满——"

_____

① 原名马尔科姆·利特尔(1925—1965)，黑人运动领袖。1965年2月21日，他在哈莱姆区举行的一次"美国非洲人统一组织"集会上演讲时遭枪杀。

"我明白。"他早想到了,在阿纳奇和他交谈的时候。实际上,自那以后,这番思虑就没断过。

"你跟洛塔,你们能去哪里避避吗?"

"大概可以去火星吧。"他说。

她再次用力按了按他的膝盖,"你能告诉我这些,我很感激。祝你好运。先下车吧,我现在紧张得要命——想趁着还没崩溃的时候赶紧起飞。"

他下了车,关上车门。安立即发动引擎,飞行车迅速升空,前去加入午后市区中穿梭来去的车流。他站在原地,望着她的车远去,直至消失不见。

两个身穿缎袍的力量之子手中握枪自电梯入口处现身。"怎么回事?"其中一人发问,"她怎么还没跟你下楼去?"

他本想搪塞说不晓得,但转念一想,改口道:"我打草惊蛇,让她给跑了。"

一个力量之子举起手枪,正要往塞巴斯蒂安的方向瞄准,却被同伴迅速阻止。"回头再收拾他。现在还有希望抓到那女的,咱们快走。"说完,同伴立即向停车处跑去;他踌躇片刻,便把塞巴斯蒂安抛在脑后,快步跟上。不多时,他们也升至了半空;塞巴斯蒂安望着他们疾速离去,才走到自己的车旁,上车默坐许久,什么也不做,甚至不思考,他的大脑已变得一片空白。

最后，他拿起车载电话，拨通了家里的号码。

"再见。"洛塔上气不接下气地接起电话，听出是他的声音，激动得瞪大了眼睛。"结束了吗？"她问。

"我报信放她走了。"他说。

"为什么？"

塞巴斯蒂安答道："显而易见，因为我爱她，所以才会做出这种事来。"

"那——力量之子发火了吗？"

"是的。"答案简洁干脆。

"你真的爱她吗？爱到那种地步吗？"

"是阿纳奇让我那么做的。"他说，"他对我显灵了。"

"蒙谁呀！"她还是旧脾气，又哭了起来，眼泪顺顺当当地从脸颊滚落，"我才不信呢，都什么时代了，谁会看到显灵啊。"

"你哭是因为我爱安·费舍尔，还是因为乌迪教徒又要来追杀我们了？"他问。

"我——不知道。"她哭个不停，无助极了。

塞巴斯蒂安开口解释："我现在准备回家。我并不是说不爱你，只是对你的爱不一样。我被她给迷倒了，我是不该想着她，但又克制不住。给我一点儿时间，我能断了念想的。这就像是精神疾病,像强迫症那样,是一种病。"

"你王八蛋!"洛塔伤心地抽噎着。

"好吧。"他消沉地应着,"你骂得对。但不管怎么样,这是阿纳奇点破的,是他让我直面了内心的感情。我可以回家吗?还是说我应该——"

"快回来吧。"洛塔说着,用指节擦了擦眼睛,"我们一起商量接下来该怎么办。你好。"她无力地挂了电话。

他启动飞行车引擎,升入空中。

抵达共管公寓时,洛塔正在屋顶上迎接他。"我一直在反思刚才那通电话。"他停好车出来后,她开口道,"我想明白了,我没有权力责怪你,瞧瞧我和乔·廷贝恩都干了什么呀!"她迟疑地将胳膊伸向他,他回以紧紧的拥抱。"我觉得你说得没错,可以把它看成是一种病。"她伏在他肩头吐露心迹,"我们俩都得这么看待这些事。你早晚会放下的,就像我慢慢放下了乔一样。"

两人相伴着走向电梯。

"跟你打完电话后,"洛塔继续道,"我跟着又给联合国驻洛杉矶代表处打了过去,申请移民去火星。他们说今天之内会寄出表格和指南。"

"挺好。"他应道。

"如果真能去成的话,"洛塔说,"旅途一定会很刺激。你觉得我们能行吗?"

他如实答道:"我也想不出还能使什么法子。"

下楼回到公寓,两人在狭小的客厅里各坐一端,四目相对。

"我好累。"塞巴斯蒂安边说边按揉他酸胀的眼睛。

"至少,"他的妻子说,"眼下我们不必去忧心那些图书馆特工了,不是吗? 他们可能会感激你救了她的命,你应该也是这么想的吧?"

"图书馆不会再伤害我们了。"他表示同意。

"你是不是觉得我很无趣?"洛塔问。

"没有,"他说,"一点儿也不。"

"那个姓费舍尔的姑娘可真是——活泼,那劲头像是随时会咬你一口一样。"

塞巴斯蒂安换了个话头,"现在就等所有手续办妥,坐飞船去火星了,在那之前,我们得安全地藏好。你能想到什么藏身的地方吗?"眼下他没法儿去想。他盘算着他们还剩多少时间,也许只有几分钟了,钟表的每一声嘀嗒都可能伴随着力量之子的到来。

"去公司?"洛塔满怀希望地提议。

"没戏。他们第一目标是这里,第二目标就是公司。"

"那去酒店开房,随便挑一间。"

"大概行。"他应道,细细考虑着这个提议。

"阿纳奇真对你显灵了吗?"

"应该是吧。不过他亲口解释说,也有可能是我吸入了过多的迷幻剂,跟我对话的其实是我自身意识的一部分。"他也许永远无法知道答案,但那也无所谓了。

"我倒想体验一番宗教幻觉。"洛塔说,"不过,我认为幻觉里出现的都是死人,没有活人。"

"也许他们已经把他杀害了。"塞巴斯蒂安说。阿纳奇现在大概已经死了。他揣测道,啊,就是这样了。Sum tu,他品味着雷·罗伯茨提出的这个概念:我即是你,因此你的死亡即是我的死亡;而当我存活在世,你也延续了生命,活在我身上,活在我们所有人身上。

21

你的呼唤与叫喊，冲破我耳中阻隔；你的闪耀与璀璨，驱散
我目中黯蔽……你触动我心，我为你安宁而焚灭。

——圣奥古斯丁

当晚，塞巴与洛塔闷坐着看电视新闻。

"今天一整天，"主播娓娓播报，"一群乌迪教徒，也就是教宗雷·罗伯茨的追随者，在人民主题图书馆附近聚集。他们并非静坐，而是游行走动，以此表达愤怒之意。洛杉矶警方密切关注事态发展，但并未出手干涉。临近下午五点，警方表示担忧，针对图书馆的攻击或将很快发动。本台采访了参与这起活动的许多

民众,询问在此聚集的缘由,以及他们的诉求。"

电视屏幕上显示出聚众示威的视频片段。聒噪的人群以男性为主,挥舞着手臂大喊大叫。

"记者采访了利奥博德·哈斯金斯先生,问他为什么到图书馆前游行,以下是他的回答。"

一个身材壮实的黑人出现在电视屏幕上。他面相接近四十岁,摆出一副臭脸。"喏,我来这里,是因为他们把阿纳奇关进馆里了。"他愤愤地说。

手握外景话筒的电视主播问道:"阿纳奇·托马斯·皮克在图书馆里吗,先生?"

"对,他们把他软禁在里面。"利奥博德·哈斯金斯回答,"今天上午十点左右听说的,他们把阿纳奇关在里头,而且还计划要处置他。"

"是要谋杀他吗,先生?"电视主播追问。

"无错,我们了解(到)的就是这样。"

"那么,假如事实果真如此,你们又打算怎么行动呢?"

"这个嘛,我们打算闯进去。那就是我们(的)计划。"利奥博德·哈斯金斯煞有介事地斜视左右,"听组织者说,我们要抓住一切可能的机会把他救出来,于是我就来了,我要阻止图书馆施行他们害人(骇人听闻)的计划。"

"依你看，警方是否会采取措施阻止你们呢？"

"啊，不会。"利奥博德·哈斯金斯说着，做了个深呼吸，连身体都随之战栗，"洛杉矶警方憎恨图书馆（的程度），跟我们不相上下。"

"何出此言呢，先生？"

"洛杉矶警方已经知道，"哈斯金斯说，"昨天遇害的那位警官，那位廷贝恩警官，是图书馆（的人）下了杀手。"

"我们得到消息——"

"我知道你们所谓的消息内容。"哈斯金斯激动地打断了他，声调越来越高，变成了假声，"真凶并不是他们所说的什么'宗教狂热分子'。他们清楚是谁干的，我们也清楚到底是谁干的。"

接下来，镜头一转，定格在一个异常枯瘦的黑人身上，他穿着白衣黑裤，面露烦躁。"先生，"电视主播手握话筒向他搭话，"请问您叫什么名字？"

"乔纳·L.索耶。"枯瘦黑人的音色粗哑。

"您今天是为什么而来呢，先生？"

"我（之）所以来这里，"索耶说，"是因为图书馆不讲理法，拒不释放阿纳奇。"

"也就是说，你们聚在这里，是为了救他出来。"

"没错儿，先生，我们就（是）来救他的。"索耶笃信不疑地点点头。

电视主播问道："那么，你们具体打算怎么做，先生？乌迪教派是否有明确计划？"

"那个，我们有精英组织，力量之子，(由)他们做决策；今天(就是)他们通知我们过来的。当然，我不清楚他们具体的计划是要(做)什么，但是——"

"但是你认为他们能成功。"

"对，我认为他们能成功。"索耶点点头。

"非常感谢你，索耶先生。"电视主播手握话筒说道。随后，他又回到正襟危坐的形象，坐在直播间桌旁，身前的屏幕上滚过一系列新闻简讯。"今晚临近六点时，"他继续道，"人民主题图书馆周围，已逾数千人的聚众忽然极为紧张，仿佛感知到即将有要事发生。的确如此，仿佛是凭空出现一般，一门加农炮赫然架起，开始朝人民主题图书馆所在的大型灰石建筑发射炮弹，一发接一发，时断时续，瞄准度也有所差别。但人群却因此变得疯狂。"此刻，电视屏幕上显示出群情激昂的画面，人们乱走乱窜，振臂高喊，面带狂喜之色。"今日早些时分，本台曾采访洛杉矶警长迈克尔·哈灵顿，询问图书馆是否请求过警力支援。以下是哈灵顿警长的回答。"

随即，屏幕上出现一个身穿警服的白人，粗脖子，满脸痤疮，一双死鱼眼闪烁不定，瞟来瞟去。他舔舔嘴唇，开口发言。"人民主题图书馆，"他语速缓慢，声音洪亮，言之凿凿，仿佛在做正式演讲，"并未提出此种请求。我们进行了多方努力，尝试联系他们，但据我们所知，截至今天下午约四点半，所有图书馆职员均已从馆中撤出，现在馆内空无一人。至于馆外这群有碍安定的非法聚众，警方的处理尚未定论，众人对图书馆所持的意图也不甚明了。"他顿了顿，斟酌一番后，又开口道，"同时，我收到消息称——不过，据我所知，这则信息还有待证实——乌迪教徒中的好战派计划使用原子加农炮攻击图书馆建筑，以求轰开大门，让教众冲进去解救他们的前任领袖，阿纳奇·托马斯·皮克，教徒们认为他就在馆内。"

"阿纳奇·皮克到底在不在里面呢，哈灵顿警长？"电视主播提问。

"就我们所知，"洛杉矶警长答道，"阿纳奇·皮克比较有可能在里面，但我们无法确定。"他拖长了尾音，仿佛思绪正在别处漫游似的，不住地用眼角余光瞟着什么人或什么东西，"不，我们没有办法确认传闻的真伪。"

"乌迪教徒似乎相信，"主播说，"阿纳奇就在图书馆内。假如事实果真如此，从您的立场来看，这是否能构成他们强行闯入的正当理由？换句话来说，他们似乎决心要诉诸武力，那么在您看来——"

"我们对这起聚集的定性，"哈灵顿警长说，"是非法集会。警方已经逮捕了一些人，当前我们正在努力劝说人群解散。"

主播的身影再次出现在桌旁，帅气的衣装整洁笔挺。"哈灵顿警长的希望落了空，"他娓娓陈述，"人群并未解散。刚才提到，从后续自现场直接发回的报道中，我们已经得知，哈灵顿警长所称的原子加农炮实际已经就位，而据最新消息，此时此刻，它正在大肆破坏图书馆建筑。今晚本台将在常规节目中插播新闻，为各位观众持续跟进这起冲突的进展。这场对战真正称得上是白热化，一方是乌迪教派的拥护者，以这群振臂高呼的教众为代表，他们群情激愤，却缺乏组织；而另一方——"

塞巴斯蒂安关上了电视。

"那是件好事。"洛塔思忖道，"图书馆就要消失了，不复存在了，真让人高兴。"

"它不会消失，他们还会重建的。你也看到电视播了，所有馆员和焚书官都已撤离。别高兴得太早了。"一直坐在沙发上的他说完这话，起身开始踱步。

"咱们暂时应该安全了。"洛塔换了个角度，"力量之子全顾着想方设法闯进图书馆，大概都忙得把咱们给忘了。"

"但早晚还会记起我们，"他说，"等他们摆平了图书馆的时候。"他想着,不知道会不会有奇迹出现,让他们能赶在阿纳奇遇害前抵达对方身旁。我的天,他寻思着,真想知道……至少理论上那是可行的。

可是,他心里明白,事情不会遂他所愿。阿纳奇再也不会活着出现在世人眼前了;他知道,阿纳奇知道,乌迪教徒也知道。尤其是雷·罗伯茨和其他乌迪教徒,对此再清楚不过。

"再打开新闻看看吧。"洛塔不安地央求道。

他照办了。

然后,在屏幕上看见了梅韦斯·麦奎尔的脸。

"麦奎尔夫人,"电视主播正说着,"这起针对你所在图书馆的袭击——馆方是否已向教众作出声明,澄清你方并未软禁他们的前任精神领袖? 换句话说,如果像这样直接辟谣,你认为是否能达到满意的平息众怒的效果?"

麦奎尔夫人随即作答,语气严厉而生硬,"今天早些时候,我们已致电各新闻媒体代表,并当众宣读了拟写的声明。如你有意,我可以再给你读一遍,哪位——谢谢。"她接过一张纸,稍做浏览,便以图书馆发言人式的字正腔圆的严肃语调读了起来:"眼下,由于雷·罗伯茨先生现身洛杉矶,有预谋的暴力如火焰般空前高涨,在别有用心的鼓吹煽动下,加剧了宗教偏执。人民主题图书馆成为暴力行动首当其冲的既定目标,对此我们并不意外,因为图书馆代表着当今社会自然科学与人文科学一切学术机构的稳定——而这些机构,一直是所谓的乌迪教徒潜心要拔除的眼中钉。至于派遣警力保护,我们欢迎哈灵顿警长所要提供的任何协助,不过,此类事件的渊源早至20世纪60年代的瓦茨暴乱①,而它们一再反复上演——"

"啊,天哪。"洛塔说着,两手捂住耳朵,神色惊恐地瞪着塞巴斯蒂安,"就是那个声音,那个可怕的声音,在我耳边叨叨个不停——"她瑟瑟发抖。

"我们也采访了图书馆馆长梅韦斯·麦奎尔夫人的女儿,安·费舍尔小姐。"电视新闻主播说,"以下是现场报道。"屏幕随即切换到安所居住的共管公寓,她正坐在客厅里,面对主播和电视摄像机。她容颜秀丽,沉着冷静,丝毫不为外界的骚乱所烦扰。

"——看来这起袭击蓄谋已久。"安说,"我认为,对方在几个月前便已起意要摧毁图书馆,这也就解释了雷·罗伯茨来访西海岸的真正目的。"

"那么,你认为,"主播提示道,"针对图书馆的袭击——"

"—— 一直是乌迪教派今年活动的重中之重。"安接过话,"我们早被列入预定计划,就这么简单。"

---

① 1965年在洛杉矶发生的种族骚乱事件,它是20世纪60年代中后期黑人与警察系列严重冲突事件中的一起。

"也就是说,武力攻击并非逞一时之快。"

"啊,不,当然不是。种种迹象表明,这起攻击源于周密的计划,而且蓄谋已久。加农炮的出场便是明证。"

"馆方是否尝试过直接联系教宗雷·罗伯茨,以明确告知对方,你们确实没有软禁阿纳奇?"

安平静地回答道:"目前,雷·罗伯茨已确保关闭了一切联络途径。"

"那么,你方的努力——"

"幸运之神不曾眷顾我们,也再无机会了。"

"那么,你是觉得,乌迪教徒摧毁图书馆的计划能够得逞?"

安耸耸肩,"警察并没有出力阻止他们。一向如此。而我们又没有武装。"

"费舍尔小姐,依你所见,警察没有出力阻止乌迪教徒的原因是什么呢?"

"因为他们害怕。自从1965年瓦茨暴乱爆发以来,他们就变得胆小怕事。怒吼的暴民控制了洛杉矶数十年之久——实际上掌控了西美联邦大部。本次恶性事件没有在更早的时间发生,挺让我意外的。"

"那么,后续你们还会重建吧?"

安·费舍尔道:"我们将在图书馆大楼的旧址上重建,一座规模更大、风格更加现代的楼宇。蓝图已经绘好,我们请到一家异常优秀的设计院,正在加班加点地工作,预计下周就奠基。"

"'下周'?"主播发问,"听你这么说,似乎图书馆预料到了这场暴乱的发生?"

"刚才我就讲了,它发生在今天而不是很久以前,挺让人意外的。"

"费舍尔小姐,你个人是否害怕乌迪教狂热分子,也就是所谓的力量之子?"

"一点儿也不怕。唔,也许有那么一点儿。"她笑了,露出整齐而健康的牙齿。

"谢谢你,费舍尔小姐。"主播再次出现在演播室桌旁,面对电视观众,脸上浮现出恰到好处的忧虑,"洛杉矶深陷暴乱:正如费舍尔小姐所指出,自1965年瓦茨暴乱以来,暴力恶行的阴云一直笼罩着这座城市。一幢令人肃然起敬的建筑,一座地标,此时此刻被轰炸为碎片……而阿纳奇·皮克——假设他确实已经复生——的行踪之谜依旧未能解开。"主播粗略地翻翻新闻稿纸,再次抬眼面对观众。"阿纳奇是否在人民主题图书馆内?"他抛出话题,"如果他在——"

"我听不下去了。"洛塔说着起身,伸手去关电视。

"他们应该采访你才是。"塞巴斯蒂安说,"你可以跟电视观众们讲讲,图书馆的行事方法是多么令人'肃然起敬'。"

洛塔惊魂未定,忙说:"我可不敢面对电视摄像机,一个字也憋不出来。"

"我开玩笑的。"他宠溺地说。

"要不,你主动打电话联系报社和电视台吧?"洛塔建议,"你亲眼见到了阿纳奇在那里,可以向乌迪教徒作证。"

他把这个念头在心中玩味了片刻。"大概可以。"他说,"明天差不多行,这则新闻肯定能发酵一段时间。"就这么办,他想,如果那时还活着,"爆料的时候,还可以顺带一提力量之子的消息。"他道,"但我怕我要说的太多,最后圆不回来。"会变成对双方的控诉,他意识到,所以,也许还是别蹚这趟浑水为妙。

洛塔诚心提议道:"咱们离开这儿吧,别再待在共管公寓了。只能这样坐着干等,我——实在受不了。"

"那要去汽车旅馆吗?"他粗鲁地反问,"乔·廷贝恩可没落得什么好。"

"没准力量之子的脑袋比不上图书馆特工那么灵光。"

"他们两方不相上下。"他说。

"你现在还……"洛塔怯怯地问,"爱我吗?"

"爱。"他说。

"我以前相信真爱无敌。"洛塔说,"但现在想想,这话也不对。"她在房间里转来转去，然后抬脚走向厨房。

随之尖声惊叫。

塞巴斯蒂安立即赶到她旁边，一把抓起壁炉边的铁铲——它碰巧在附近，也趁手——不分青红皂白就把她揽到身后，扬起铁铲。

只见阿纳奇·皮克站在厨房那头，身上裹着脏污的棉袍，小小的身影干瘪而苍老。他心中似乎充满哀伤，痛苦击垮了他的肉体，却没能打败他的意志，他终于抬起右手打了个招呼。

他们已经把他杀害了。塞巴斯蒂安想着，浑身一个激灵，悲痛得不能自已。我看得出，所以他闭口不言。

"你能看见他吗？"洛塔低声问。

"能。"塞巴斯蒂安点点头，放下铲子。这么说，不是迷幻剂的作用，他在安·费舍尔家屋顶上所见的"幻象"是真实的。"您能跟我们说说话吗？"他问阿纳奇，"期盼能听到您的声音。"

阿纳奇立即作答，他的声音像飘零冬叶发出的干枯脆响，"一名力量之子已奉雷·罗伯茨之命启程，正在前往这里的路上。此人在组织内的评级为杀手级别。"

一段沉默。接着，洛塔一如既往地哭了起来，越哭越伤心。

"有什么办法吗，圣人？"塞巴斯蒂安无助地问。

"今天早些时候来过的三个力量之子，"阿纳奇说，"在你身上安了定位装置，赫尔墨斯先生，它会即时向他们报告你所在的位置。不管你去哪里，他们即刻就能通过定位装置得知。"

塞巴斯蒂安连忙把大衣摸了个遍，将衣袖也翻过来，寻找定位器。

"它含有一种不可擦除的电活性染剂。"阿纳奇说，"去不掉，它已经融入了皮肤。"

"我们想过去火星。"洛塔终于止住了抽噎。

"机会仍然有。"阿纳奇说，"我想在这里待到力量之子上门，如果身体条件允许的话。"他又对塞巴斯蒂安说，"我现在非常虚弱。很难……我不敢保证。"他的脸上显露出痛苦，剧烈到骇人的程度。

"他们杀害了你。"塞巴斯蒂安向他求证。

"他们给我注射了一种有毒的有机物质，让我本就在全盘恶化的身体状况更加糟糕了。但我还有几分钟时间……毒性是慢慢发作的。"

一群杂种，塞巴斯蒂安暗骂。

"我现在躺在床上。"阿纳奇说，"在一个黑暗狭小的房间，位于图书馆的某个分馆，我不知道具体是哪一家。现在我旁边已经没有人了，他们注射完毒药，就全撤了。"

"他们没眼看。"塞巴斯蒂安说。

阿纳奇讲述着:"我感到筋疲力尽,这辈子从未体会过如此的疲惫。当初在棺材里苏醒时,全身无法动弹,那使我极度害怕,而现在的感觉更糟。不过,还有几分钟一切就结束了。"

"您真是好人。"塞巴斯蒂安说,"自己都陷入了绝境,还不忘关心我们的安全。"

"是你帮助我复生。"阿纳奇虚弱地说,"我绝不会忘记。我们有过交流,我和你,和贵司的员工。我全都记得,我们相谈甚欢。还有贵司的销售,我也记得他。"

塞巴斯蒂安问:"我们就不能帮上你什么吗?"

"一直跟我说话就成。"阿纳奇答道,"我不想睡着。'生者更生衍,生者亦终结。'"好一阵,他闭口不言,似乎在思索,然后又再度开口,"'一血复一肉,斯人始长成;一芽复一叶,蔷薇终芬芳。血肉渐枯朽,金乌骤进飞;斯人今已逝,千阳暗无辉。'"

"你仍然信仰这种思想吗?"塞巴斯蒂安问。

没有回应。阿纳奇的幻影愈发虚无,他抖抖索索地裹紧了身上的棉袍。

"他死了。"洛塔惊恐地颤声说道。

还没有。塞巴斯蒂安想,还有最后两分钟。一分钟。

阿纳奇的残影渐渐飘散,最终消失了。

"是的,他们杀害了他。"塞巴斯蒂安说。他走了。塞巴斯蒂安想，而且这一次他也不会再回来，他的存在已经终结，再没有下次。

洛塔凝视着他，喃喃道："现在他也救不了我们了。"

"救不救可能都无所谓了。"塞巴斯蒂安说。人活着终有一死。他想，以前的人会死，现在的人也会，他也会，甚至包括正前往这里的杀手，最终也会返婴、消失——经过多年的缓慢逆生，或在一瞬间立时终结。

前门响起敲门声。

塞巴斯蒂安拿起铁铲，走到门口，打开。

门外站着一个身穿黑色缎袍的人影，横眉冷竖，往客厅里投进一个小小的物件。塞巴斯蒂安丢下铲子，一把攥住力量之子的领口，把他从走廊拽进屋内。

房间爆炸了。

塞巴斯蒂安将力量之子的肉体挡在身前，他感觉自己仿佛被一阵风卷起，重重地抛向房间另一头的墙壁，杀手在他手里扭动挣扎。浓烟雾时充满整间屋子。他擒着杀手一起摔上碎裂的门板，根根木刺从杀手后背穿出。杀手登时毙命。

"洛塔。"塞巴斯蒂安轻唤着，抽身离开那轰然躺倒、不再动弹的尸体；此时，火舌舔舐着墙面，吞噬着窗帘与家具，连地板也燃烧起来了。"洛塔。"他念道，四处摸索，寻找她的身影。

他终于找到了她,她仍在厨房。不用走近便能看出,她已经死了。弹片嵌入了她的头部和身体,几乎是立即要了她的命。

火焰噼里啪啦直响,为之助燃的空气变得迷蒙。他抱起妻子,抱着她出了公寓,来到外面的走廊。廊道内已经挤满了人,他们呼天抢地,他感到旁人的手朝他拉拉扯扯——他推开他们,仍然紧抱着洛塔。

他感觉有血淌下脸庞,如同眼泪。他没有擦去,只顾着前往电梯。有一个或几个人替他按了电梯,他回过神来时,已经在轿厢里面了。

"让我们送她去医院吧。"陌生的声音在他耳际响起,伴着一只只拉扯的手,"看你那肩膀,你也伤得不轻。"

他用左手(右手好像残废了)摸到电梯控制板,按下了顶层的按钮。

接下来,他信步走过屋顶,寻找他的车。找到车,他把洛塔抱上后座,关了车门,伫立片刻,再打开车门,掌上方向盘。

随后,他驾车升空,飞过暮霭。去哪儿? 他寻思着。没有目的,只是向前行驶。车不断前进,暮色渐浓,他感到夜幕沉降在他周围,覆盖了整片大地。这暗夜将永远不会有尽头。

他紧握手电向成行的树木之间细看,块块墓碑与凋谢的花映入眼帘，他知道，自己来到了一座公墓——但认不出是哪里，面积不大，颇有些年岁了。来做什么？他自忖，为洛塔寻找归宿？他转过头，车与洛塔俱已从视野消失，他走得太远了。再说吧。他继续向前。

手电窄窄的昏黄光束最终将他引领向一道高高的铁栅栏。此路不通，他于是转身开始往回走，仍旧跟随光的指引，仿佛它拥有意志一般。

一座掘开的坟墓。他停下脚步。蒂莉·M.本顿太太，他思忖，她曾经躺在这里。而不远之外，是那块纹饰精美的墓碑，阿纳奇·皮克曾在其下长眠。他反应过来，这里是森丘公墓。想不到冥冥中又来了这里，他在潮湿的草地上坐下，感受夜晚的寒冷，感受心底深深的寒意，远甚于凛夜。冰冷得如同坟墓，他想。

他将细微的光束扫过阿纳奇的墓碑，默读碑上铭文。Sic igitur magni quoque circum moenia mundi expugnata dabunt labem putresque ruinas. 读完一遍，不解其意。他回想这句话的意思，却想不起来了。这话有含义吗？或许没有。他移开昏黄的光束，不再照向墓碑。

接下来的时间，很长一段时间，他只是坐着，心无旁骛，无事可挂念；没有任何行动，因为无事可做。最终，电量耗尽，手电光束收缩为一个点，之后暗淡下去，熄灭了。他放下那根玻璃头的金属筒,摸摸受伤的肩膀,感觉到疼痛,亦思量一番。疼痛似乎也如那拉丁文墓志铭一般毫无意义。

寂静。

他兀自坐着,隐约听到人声。他听见声音从多座坟墓传出,捕捉到地下有生命力在蓬勃发展——有的非常临近复生,有的朦胧而遥远,但全都朝着一个方向演进。纷乱的话语漫涌入耳,汇成嘈杂一片。

在我身下就有一个,他寻思,距离非常近。他可以——勉强地——分辨出对方的词句。

"我叫B.奎恩伯爵。"那声音粗嘎刺耳,"我在这下头,四周紧闭,空间狭小,我想出去。"

他无动于衷。

"上头有人能听到我说话吗?"B.奎恩伯爵焦急地呼喊,"拜托,快来人哪,听我说,我想出去——我快憋死了!"

"我没法儿救你出来。"此时,他终于应答。

地下的声音变得激动,结结巴巴地说:"你——不能帮忙挖挖吗?我知道自己离地面很近,你的声音我听得很清楚。求你挖一挖吧,或者去叫人来;我有亲戚在世——他们会把我挖出来的。求求你!"

他走开了,远离那座墓,远离那不断哀求的声音,却又被其他无数的含混不清的人声淹没。

过了许久,空中一辆飞行车的车灯投下光束。车的引擎咆哮着,在公墓停车场登陆。随后传来脚步声,伴着大功率电灯的光芒,似乎来自一盏大型封闭式头灯。光束左右摇晃,他觉得那就像一支有形的钟摆,连着摆钟的其余部件。他静静待着,一动不动,最终光线扫至他近前,打在他身上。

"料想就能在这儿找到你。"鲍勃·林迪说。

他回道:"洛塔她——"

"我刚才寻着你的车,我都知道了。"林迪蹲下来,雪亮的白色光束扫过他身上,"你伤得很重,浑身是血。走吧——我送你去医院。"

"不。"塞巴斯蒂安说,"不,我不想去。"

"为什么? 虽说她走了,可你还得——"

塞巴斯蒂安说:"他们想出来。他们所有人。"

"死者吗?"林迪握住他的手腕,拉他站起来。"待会儿再说。"林迪劝道,"你还走得动吗? 你是一路走过来的吧,鞋上全是泥。看你这身破布烂襟,应该是被炸碎的吧。"

"去救奎恩伯爵出来。"塞巴斯蒂安说,"他复生最早,快要不能呼吸了。"他指向墓碑,"就在那下头。"

"先管好自己吧,"林迪说,"你现在有生命危险,我送你去医院。该死,你得尽可能自己走,我会好生扶着你的。我的车就在那边。"

"快叫警察。"塞巴斯蒂安说,"让巡逻这块的片警钻个紧急通风井,先撑到我们能回来开始掘墓工作。"

"好的,塞巴斯蒂安。都听你的。"他们已来到车边,鲍勃·林迪拽开车门,闷哼一嗓子把他扶到车上,顿时浑身冒汗。

车辆升空,鲍勃·林迪打开车灯。"他们需要救助。"塞巴斯蒂安说,"这次我听到的不只是一个人的声音,是他们全部人。"此前他从未经历过这样的情景。从未有过。这么多的人集体复生——整个墓园的所有人。

"一个个来。"林迪说,"咱们先接出奎恩,我马上给警署打电话。"他迅速拿起车载电话听筒。

车继续往市民急救中心的方向飞去。一路无话。